い

はぐれ同心　闇裁き12

喜安幸夫

二見時代小説文庫

目次

最後の戦い――はぐれ同心 闇裁き12

一　雪の日の湯屋

一

「ハアクション」

北町奉行所の同心溜《だま》りに、大きなくしゃみが響いた。

次いで、

「おゝ、寒い」

声が聞こえる。

鬼頭龍之助《きとうたつのすけ》も朝から暖を取るため、熱いお茶をもう幾杯飲んだろうか。

龍之助だけではない。小者《こもの》が二人がかりで、急須《きゅうす》と沸かしたばかりの湯を大きな薬罐《やかん》ごと運んで来ては、

「きょうは皆さま、量《はか》がいきますねえ」

と、それぞれの文机《ふづくえ》の湯飲みに注《つ》いでまわっている。

「量がいくもいかぬも、これが芯《しん》から暖《あたた》めてくれる、アレであったらなあ」

「さようさよう」

年配で熟練の同心が言ったのへ、同輩の者が応《こた》えた。

龍之助たち三十代か四十前後の同心たちからも、

「そうそう」

と、遠慮気味に肯是《こうぜ》のうなずきが洩れ、

「ハァックション」

またくしゃみが聞こえた。

同心たちは寒さに震え、暇を持て余しているのではない。

その逆である。

イライラしながら待っている。

口に出す者はいないが、

（まさか、また新たなご停止《ちょうじ》が出るのでは）

それぞれが同じことを予測し、胸中に穏やかならざるものを感じていた。

松平定信《まつだいらさだのぶ》の、世にいう〝寛政《かんせい》の改革〟が四年目に入った寛政三年（一七九一）一月である。それも正月気分がようやく抜けかけた八日で、風はないものの朝から厚い雲が空を覆い、底冷えのする一日だった。

朝、出仕し、それぞれにひと息つけてから、定廻《じょうまわ》りや微行《びこう》に出る者が、

「――こんな日は掏摸《すり》もコソ泥も縮こまっていようよ」

「――ともかく、風のないのが助かりますなあ」

言いながら玄関口で雪駄《せった》をつっかけ、

「――おゝ、寒い」

と、外へ出ると背を丸め、両手で肩をかき寄せる者もいた。

正面門を出るまでは奉行所の中だが、一歩門外に出ると胸を張らねばならない。

龍之助も着ながしに黒羽織の八丁堀姿で、いつもの神明町《しんめいちょう》や増上寺《ぞうじょうじ》の門前町に出ようと玄関口で雪駄をつっかけた。ふらりと町々を見まわる微行だから、挟箱持《はさみばこもち》の茂市《もいち》も六尺棒を小脇にした捕方などもついていない。

「――きょうは一つ、湯屋《ゆや》の見まわりもいいものですなあ」

「――お、それも一考」

同僚が話しかけてきたのへ返し、正面門を出て、

「──さあて」

胸を張ったときだった。

「──あぁ、鬼頭さま！　お待ちを！」

と、背後から小者《こもの》が走り出て来た。

龍之助だけを呼びに出て来たのではなさそうだ。

数人の小者が門番に、

「──すでに出られたお方もおいでか」

「──あゝ。四、五人のお方が」

「──そりゃ大変だ！」

小者たちは正面門を走り出るなり、右に左にと散った。

龍之助を呼び止めた小者も、

「──さきほどお城から与力さまのお遣《つか》いの方が戻られ、与力も同心もすべてお奉行さまがお戻りになるまで待つように、と」

「──なにか急な事でも出来《しゅったい》いたしたか」

「──知りませぬ。ただ待てと」

言うなり、朋輩《ほうばい》を追うように走り去った。

きょう北町奉行の曲淵甲斐守《まがりぶちかいのかみ》が、早くから江戸城に出向《でむ》いたことは、出仕したときに聞いている。

珍しいことではない。だから同心たちは、それぞれに自分のいつもの仕事にかかろうとしたのだった。

ところが呼び戻された。

同心溜りに戻り、残っていた同僚に訊《き》いたが、与力がお城から駈け戻ったのではなく、遣《つか》いは町奉行を差配する若年寄《わかどしより》の手の者だったから、横柄《おうへい》で詳しい事情は聞けなかったそうだ。命じられたのは、

「――ただ、奉行が戻るまで、皆々そろうて待て……のみでしてなあ」

と、小者が言っていた以上のことは、なにも分からなかった。

待った。

奉行所の同心溜りに火鉢《ひばち》があるわけではない。動かずに座っているだけなら、はた目には楽に見えるが、廊下側の襖《ふすま》も縁側の明かり取りの障子《しょうじ》も締め切っているものの、腹の底から寒さが込み上げてくる。かといって昼間から奉行所内で、芯から温まる酒を飲むなど、許されることではない。

奉行の一行に随《したが》っていた中間《ちゅうげん》が、

「お奉行さまー、お帰りーっ」

先触《さきぶ》れに大声で白い息を吐きながら奉行所の正面門を駈け込んで来たのは、午《ひる》をいくらかまわった時分だった。

「おぉう、ようやく」

同心溜りの者は一斉に腰を上げ、出迎えに玄関へ出た。

手の平に白い息を吹きかけ、広い庭にたむろするように待ち受けた。

やがて奉行の一行が正面門をくぐった。

奉行の曲淵甲斐守の馬を先頭に、うしろに与力が二騎つづき、それぞれに轡取《くつわと》りの中間がついている。

「お帰りなさいまし」

「お待ちいたしておりました」

口々に言う。声を出すだけでも寒さがまぎれる。

与力二騎のうしろに挟箱持や槍持《やりもち》の中間が五人ほど随っている。

見ただけで寒気がし、

(ご苦労)

と、つい言いたくなる。

寒さのせいか、中間たちの歩みがぎこちない。いずれの屋敷でも中間は、夏も冬も猿股《さるまた》で紺看板《こんかんばん》を梵天帯《ぼんてんおび》で締めた軽装で、腿《もも》は吹きさらしのむき出しだ。血流がとどこおり、歩みがぎこちなくなるのも無理はない。中間たちはこのあと中間部屋か門番の詰所《つめしょ》に走り込み、手でさすって血流をととのえることだろう。

それは同心たちも大差なかった。

すぐ奉行からなにがしかのお達しがあって、一斉に動き出すわけではない。

奉行に随っていた与力の一人は、龍之助と馬が合う平野準一郎《ひらのじゅんいちろう》だったが、他の与力は同心と同様に、奉行所で奉行の戻るのを待っていた。

まず奉行が与力たちを集め、柳営《りゅうえい》（幕府）からのお達しとやらを話し、そのあと与力から同心たちに話が下りてくる。

それが半刻（およそ一時間）後になるか、それとも倍の一刻も待たねばならないか、内容によって異なってくる。

ふたたび同心溜りでは、熱いお茶をすする音が聞こえてきた。

新春とはいえ、また冬場の寒気が戻ってきたような一日で日足《ひあし》も早く、明かり取りの障子のほうへ視線をながした者が、

「これじゃ日も暮れてしまいますぞ」

言ったのも無理はなかった。太陽が出ているときの明るさがない。

「ご同輩、雪ですぞ。それもかなり激しい」

「えぇえ！」

さきほど雪隠《せっちん》に立った者が戻ってきて言ったのへ、障子を開ける者がいた。

「おぉ。こりゃあいつのまに」

「これじゃ寒いはずだ」

一同は声を上げた。それもかなりの降りかたで、このままつづけば、あしたの朝には積もっていそうな粉雪だった。

（こんな日に、お奉行はいったい何を）

龍之助はいやな予感に顔を曇らせた。

「さあさあ。また熱いお茶を」

「あとで行灯《あんどん》もお持ちしましょうかね」

と、ふたたび沸騰させた薬罐と急須を運んできた小者が言って、部屋を出るのと入れ替わるように、襖の向こうに足音とともに人の気配が立った。障子が雪で明るくなるのとは逆に、薄暗さを増していた。一刻（およそ二時間）以上も待たされ、実際に夕刻が近づいているようだ。

「待たせたな」

声とともに襖を開けたのは、奉行に随伴していた与力の平野準一郎だった。

「まったくお城からの帰りに、白いものに降られず助かったわい」

着ながしの同心たちとは違い、羽織・袴《はかま》の姿で上座にどっかと胡坐《あぐら》を組んだ。一同は端座《たんざ》の姿勢をとり、背筋を伸ばした。

「俺もお城ではなにも聞かされず、奉行所に戻ってから初めて聞かされてのう」

平野与力の言う顔が曇っているのは、寒さのせいではない。そういえば、馬上の曲淵甲斐守の表情も、困惑の色を刷《は》いていた。

（また面倒な……やはり……）

端座で居ならぶ同心たちの脳裡《のうり》を走った。

「うぉっほん」

平野与力は咳払《せきばら》いをし、

「ご老中からのお達しでのう」

みずからも端座の姿勢をとって背筋を伸ばした。

同心たちに動揺が走った。

（やはり松平め。また世間知らずのご法度《はっと》かい）

お上の手先である町奉行所の同心が、思ってても口に出してはならないことを龍之助は心中につぶやいた。龍之助だけではない。他の大方の同心も似たようなことを思っているのが、それぞれの顔からうかがえる。書状を取り出した平野与力自身の表情がそうなのだ。

二

世情に通じた同心たちが〝やはり〟と思ったのは、新たな〝ご停止《ちょうじ》〟の内容を予測したからではない。これまでつぎつぎと打ち出された法度は、

――華美衣裳の停止
――賭博《とばく》の停止
――隠売女《かくしばいじょ》の停止
――無宿者の厳重取締り
――一枚絵や好色本の停止
旗本に対しては、
――猟官運動の停止

大名家には、

――江戸留守居役の賦役《ふえき》免除運動や幕閣への賄賂《まいない》停止……等々枚挙にいとまがない。それらはいずれも、限度も加減も考慮せず、世の動きを萎《い》縮《しゅく》させるとともに衰退へと導くものでしかなかった。

しかも、奨励したものが文武のほかにもう一つあった。庶民による密訴《みっそ》、すなわち密告だ。これでは世の中が楽しかろうはずはない。

諸人《もろびと》の活力が削《そ》がれていくなかに、

白河《しらかわ》の清きに魚《うお》も住みかねて　もとの濁《にご》りの田沼恋しき

誰が詠《よ》んだか落書《らくしょ》の戯歌《ざれうた》が世の喝采《かっさい》を浴び、諸人が居酒屋で屋台でまた湯屋で、秘かに口ずさみ、にんまりとして憂《う》さを晴らしたのはこの時代のことである。

現在《いま》の老中首座の松平定信は奥州白河藩《しらかわはん》十万石の大名であり、商業や土地の開発を奨励した前任の田沼意次《たぬまおきつぐ》の治世を、以前《もと》の田や沼に引っかけたのだ。

「――うーむ、秀逸《しゅういつ》だ」

「――いいんですかい。旦那がそんなことを言って」

紅亭《べにてい》の座敷で一杯引っかけながら龍之助が言ったのへ、相伴《しょうばん》していた神明町で貸《かし》元《もと》を張っている大松《だいまつ》の弥五郎《やごろう》があたりをはばかり、そっと言ったものだった。

同心たちが〝やはり〟と思ったのは、一途《いちず》といえば聞こえはいいが、現実を無視した独《ひと》り善《よ》がりのご停止《ちょうじ》を、また出したかということに対してである。

当たっていた。

平野与力は内容に皮肉を込めているのか、

——ご停止の段これあり

一言ことわりを入れ、厳《おごそ》かに読み上げた。

——町中《まちなか》男女の入込《いりご》み湯《ゆ》の場所これあり、右は大方場末《ばすえ》の町々に多くこれあり……

(なんだって!)

威儀を正していたはずの同心たちはざわついた。

ご停止が、ついに町の湯屋にまで及んだのだ。

平野与力の声はつづいた。

——以来、場所柄はもちろん場末たりとも、入込み湯は一統に固く停止《ちょうじ》せしめ候《そうろう》……来月十四日までは、まずこれまでの通り差し置き申すべきあいだ、来月十五日より決相止《きまりあいと》め申すべく候……

つまり、男女混浴の禁止である。

「平野さま! 町々の湯屋に、それを強要しろと⁉」

龍之助ではないが、思わずといった口調で声を投げた同輩がいた。もちろん龍之助も、質《ただ》したい思いに駆られている。

入込み湯が〝場末の町々に多く〟なんてものではない。町場の湯屋はすべて入込みの男女混浴になっている。江戸ではどの町にもそうした湯屋があり、それが江戸庶民の生活の一部になっており、娯楽でもあるのだ。娯楽といっても、混浴を楽しむのではない。

町々の湯屋が混み合うのは、朝と夕だ。江戸者は朝のカラスがカアと鳴けば湯に飛び込み、仕事を終えればまたひとっ風呂でさばさばした気分になる。一日に二度の湯屋通いはあたりまえで、なかには日に五回、六回という者もいる。

これには江戸者が清潔好きというよりも、江戸の風土が原因となっている。江戸に限らず本邦は全体的に湿潤で、肌がベタつきやすい。そこへ関東名物の砂ぼこりが見舞ってくれる。ひと風吹くたびに大工や行商人たちはいうに及ばず、葦簀《よしず》張りの茶店の茶汲み女なども、

『見て見てわたし、きな粉もち』

などということになる。

そこで男も女も近くの湯屋へ飛び込む。

だから江戸者は脂《あぶら》っ気のある肌を気持ち悪がり、遠国《おんごく》より江戸へ奉公に出て来た小僧や女中が日に二度、三度と湯をかぶってパサパサ肌になると、

『おっ。おめえも垢抜《あかぬ》けしたじゃねえか』

と、江戸暮らしが一人前になったことを認めたものである。

それほどまでに江戸の庶民には生活の重要な一部となり、また重なるご法度の息苦しさをサラリと湯に流してひと息つく場ともなっている湯屋にも、ついに法度の網がかぶせられることになったのだ。

朝方に待機の達しがあり、それが夕刻近くになったのは、事の重大さのせいで、柳営でも紛糾していたのだろう。

おそらくそこには南町奉行も一緒だったことだろう。若年寄から老中のお達しを告げられ、両町奉行は、

「――なりませぬ。ご老中の松平さまに、ご再考のお取次ぎを」

粘ったに違いない。市井《しせい》を知る者なら、お上からの下知《げじ》とはいえ、博打《ばくち》や隠売女の停止は力づくでできても、湯屋の入込みの停止はきわめて困難なことを知っているはずだ。湯は江戸庶民の一人ひとりに、あまりにも深く結びついている日常の作法だからである。

柳営で両奉行は喰い下がり、さらに奉行所に戻ってからは配下の与力たちの、

「できませぬ」

「難しゅうございます」

の非難を浴び、その与力たちが同心たちに話す段になるのが、雪の降りだした夕刻近くになってしまったのだ。

〝平野さま！〟の声が出たとき、ちょうど小者が二人、部屋に火の入った行灯を二張《ふたはり》運んできた。

まだ行灯の灯りを感じるほど、部屋は暗くなっていなかった。

「だからよう」

平野与力は書状をふところに収めると不意に伝法《でんぽう》な口調になり、端座の足をくずして胡坐居《あぐらい》になった。

平野与力が龍之助と馬が合うのは、二人とも市井でおなじような無頼の一時期を過ごしたことがあるからだ。それだけ町場の仕組や作法に通じており、龍之助と話すときは自然に伝法な口調になるのだが、お上のお達しを告げる場でくだけた態度になるのは珍しい。というより初めてのことであり、そこにこたびの柳営のお達しに対する、平野なりの皮肉が込められているようだ。

龍之助はむろん、他の同心たちもそう受けとめたか、

「さあ、おめえらも足を楽にしねえ」

平野が言ったのへ、

「それでは」

「お言葉に甘えまして」

同心たちはつぎつぎと足をくずし、胡坐に座りなおした。

平野はつづけた。

「お奉行の話によりゃあお上はよう、男と女の入込み湯はよ、人に淫靡頽廃《いんびたいはい》の情を起こさしめ、公序良俗にはなはだよろしからず……とのことらしい。誰が淫靡を求めて日に二度も三度も湯に行くかい。ありゃあ垢抜けしたいからじゃねえのかい。それを淫靡たあ、てめえがそう思っているからだろうよ」

同心たちのなかから嗤《わら》いが洩れた。このようなご法度を持ちだした者への、蔑視《べっし》の嗤いだった。

それに平野与力は、同心たちの言いたいことを、先手をとってすべて言ってしまった。

その上で平野はつづけた。

「いったん出てしまったものは仕方ねえ。おめえらが町場でどんなに要領よくご法度をかわしたとしてもだ、どこかのお屋敷の足軽が町場に出て監視してござる」

〝どこかのお屋敷〟とはもちろん外濠《そとぼり》幸《さいわい》橋《ばし》御門内の松平屋敷である。松平屋敷では、足軽を密偵にして奉行所の町方が各種の法度を徹底しているかどうか見張らせている。それをまたおなじ松平屋敷の横目付《よこめつけ》衆が、秘かに監視している。松平定信の治世で、〝密偵に密偵がついている〟といわれたのはこのことである。

「だからよう、おめえらがどんなにうまく手を抜いても、実地に湯屋をのぞかれたんじゃ、すぐばれちまわあ。そうなりゃあ与力の俺たちも困るが、最もお困りなさるのはお奉行だ」

そう言われたのでは、いかにお上のお達しに不満があっても実行せざるを得ない。

「うーむ」

同心たちは胡坐居のまま腕を組む以外になかった。

そこへまた平野はかぶせた。

「そういうわけでよ、お達しはきょうだったが、幸か不幸か外はけっこうな雪だ。町《まち》触《ぶれ》の高札《こうさつ》を出せるのは、あしたになろうよ。これで積もったりすりゃあ、もっとさきにならあ。雪に高札をおっ立てたんじゃ、融けりゃ倒れちまわあ……」

また、座から嗤いが洩れた。

「ともかくだ、来月の十四日までは猶予期間として、実施は十五日からだ。お奉行が申されるには、それが精一杯だったそうな」

そのとおりであろう、賭博や隠売女のご停止は、お達しがあった日に町触の高札が出て、即実行だった。そのたびに町奉行所は翻弄《ほんろう》されたものだった。ところがこたびは、およそ一月《ひとつき》の猶予が設けられた。両奉行が粘って、この〝一月〟を勝ち取ったのだろう。

「要するにだ、それまでにおめえら、町衆と膝を交えてだ、うまく按配《あんばい》してくれ。頼んだぞ」

言うと平野は、

「よっこらしょっと」

腰を上げ、同心溜りから出て行った。

同心たちはなにも言えず、

「こりゃあ困ったぞ」

「わずか一月で、とうてい足りないぞ」

ざわつきながら腰を上げた。

いつのまにか外は暗くなり、部屋の灯りは行灯のみとなっていた。

身支度をととのえ、

「おゝ、寒いはずだ」

「こりゃあ本降りだ。あしたは積もるぞ」

玄関に出て言う同心たちには、八丁堀の組屋敷の下男たちが迎えに来ていた。いつもは挟箱を担いで門番詰所横の、町衆が同心を訪ねて来たときの詰所になる同心部屋で待っているのだが、きょうは提灯《ちょうちん》に傘やあるじの下駄を持って来て、母屋の玄関口まで入って来ている。母屋の玄関から正面門までも、いくらかの距離があり、すでに雪が積もっているのだ。

同心たちが一度に帰るのも珍しく、玄関の板の間はけっこう混み合った。

順番を待っていると、

「鬼頭よ」

と、平野が廊下で声をかけ、龍之助を隅に呼んだ。

「なんでございましょう」

「うふふ、おめえのことだ。もうなにか算段しているだろう。この一月で同輩の者どもに範を示してやってくれ」

「と申されましても」

龍之助はいくらか戸惑ったが、

「まあ、なんとか」

応《こた》えた。

鬼頭家の組屋敷からは、いつもどおり老下男の茂市が、

「きょうはお屋敷で、婆《ばば》が熱いのを用意して待っておりますじゃ」

と、まわりの下男たちとおなじように玄関先で待っていた。婆とはウメのことで、龍之助が八丁堀に入る前から、鬼頭家の下働きをしている茂市の古女房である。

正面門を出ると、それぞれの提灯の行き先はみなおなじ八丁堀である。往還におなじ方向へ提灯の灯りが点々と揺れている。

「おぉ、鬼頭さん、どうしなさるね。なにかいい手段《てだて》があれば教えてくだされ」

同輩が声をかければ、すぐ近くから、

「さよう、さよう」

と、相槌《あいづち》を打つ者もいる。

同心のなかでも、鬼頭龍之助が最も市井に通じていることを、奉行所で知らぬ者はいない。なにしろ龍之助は神明宮《しんめいぐう》や増上寺などの門前町という、奉行所の最も治めに

くい地域をうまくまとめているのだ。

「難しいですが、まあなんとか」

龍之助は、含みを持たせた言葉を返した。

これを力で実行すれば、町衆の松平定信への怨嗟《えんさ》の念は極に達し、向後《こうご》のご政道がますます困難になることを、町方の同心たちは肌身に感じ取っているのだ。男女の入込みを禁じられることに対してではない。これまでの生活のあり方を、お上の力で乱されることに対してである。

三

翌朝、

「旦那さま。雪でございます」

雨戸を開ける音とウメの声で目が覚めた。

寒い。

感覚としてはいつも目覚める日の出前のようだが、明かり取りの障子を通して入ってくる光が、いつもより明るい。一瞬、

（寝過ごしたか）

思ったがウメの声に、

（そうか。積もったのか）

昨夜来の雪を思い起こし、

「うっ。こうしてはおれぬ」

つぶやき、

「えいっ」

跳ね起きた。

部屋の空気の冷たさにブルルと身を震わせ、障子を開けて廊下に出た。ウメがすでに雨戸を開けていたので、いきなり庭の白さが目に飛び込んできた。

「おぉぉ」

思わず声を上げ、腕を胸に組んで両肩をかき寄せるように背をまるめた。常に町場を闊歩《かっぽ》する同心としては、他人《ひと》に見せられない姿だ。

「まだ日の出の明け六ツになっておらんようですじゃが、きょうの出仕は？」

「あゝ、すぐだ。急ぐぞ」

「えっ、こんなかを。まだ降りそうじゃがに。ともかく朝の用意を」

廊下に立って雪を見ていたウメが急いで入った奥からは、香ばしい味噌汁の匂いがただよってくる。茂市が火を熾《おこ》し、台所に入っているようだ。

冠木門《かぶきもん》の両開きの門扉《もんぴ》を開けるには、雪かきをしなければならないほどに積もっており、いまは熄《や》んでいるが太陽は出ておらず、ふたたび降りだしてもおかしくない空模様だ。

朝餉《あさげ》を終えると、一人でいいと言うのに、

「そうはいきませんじゃ。こういう日だからこそ」

と、茂市は挟箱を担いでついてきた。挟箱にはいつもの長尺《ながしやく》十手に捕縄《とりなわ》、呼子《よぶこ》、鉢巻に手甲《てつこう》、具足《ぐそく》など捕物道具一式に、きょうはとくに足袋《たび》に下駄、着替えの着物が入っている。

板切れで冠木門のまわりの雪かきをして門扉を開け、

「お気をつけなさんして」

と、ウメに見送られて組屋敷を出たのは、太陽が出ておれば六ツ半（およそ午前七時）ごろと分かる時分だった。

往還に雪は三寸か四寸（およそ十糎《センチ》）くらいか、降ったのが粉雪で固まってはいるが、やはり一歩一歩が一、二寸もめり込んで歩きにくい。両隣や向かいの同僚の組屋敷の冠木門はまだ閉まっている。出仕にはまだ早いと朝餉を摂《と》っているのだろう。ところどころに足跡があるのは、早朝の納豆《なっとう》売りや豆腐《とうふ》屋のようだ。足跡が脇の潜《くぐ》り門につづいている。

「こりゃあたまらんわい」

「へえ。わしも」

龍之助は茂市を気遣ってふり向き、二人は足袋跣《たびはだし》になった。念のため、二人とも笠をかぶり、茂市は手拭で頬《ほお》かぶりをしている。龍之助も頬かぶりをしたいところだが、粋な同心の身であればそうもできない。

掘割《ほりわり》の往還を抜け街道に出ると、さすがに人の往来はある。だが大八車も荷馬も出ておらず、いつもより閑散としている。

街道を北へ進めば日本橋で、南へ向かって京橋や新橋を経て甲州屋《こうしゅうや》のある宇田川《うだがわ》町《ちょう》を過ぎれば、龍之助が微行の拠点を置く神明町となる。そのまま街道を横切り、町並みを過ぎれば江戸城の外濠《そとぼり》に出る。右手となる北方向に見えるのが呉服橋御門で、入れば北町奉行所の正面門がすぐ目の前に見える。

「茂市、冷たくはないか。ここからまだかなりあるぞ」

「へえ。向こうで履き替えられるように、わしの足袋も持ってきていますじゃ」

ふり返った龍之助に茂市は返し、二人の足は街道を横切るのではなく、南方向の京橋のほうへ進んだ。

きのう奉行所の廊下で平野与力から〝もうなにか算段しているだろう〟と声をかけられたとき、

(このような法度が出されるとは、一刻も早く町衆《まちしゆう》に知らせ、策を練らねば)

思ったのだった。雪が降っていなければ、奉行所からの帰りの足で、そのまま神明町に向かっていただろう。だが一夜明けたいまでも、どう対処するか念頭にあるわけではない。

(湯屋自身に、なにか対処策を考えてもらわねば。町方の決められることではない)

龍之助は思っている。

(だから一刻も早く)

なのだ。

雪の中に足がめり込み、急ぐこともできない。

おそらく町触《まちぶれ》の高札が出るのは、雪が融けてからになるだろう。

普段なら、粋な小銀杏《こいちよう》の髷《まげ》に着ながし御免の黒羽織を引っかけ、腰には二本差しで雪駄にシャー、シャーと音を立てて町場を闊歩するのだが、いまは雪の上を足袋跣でぎこちなく歩を進めている。これで急いですべって転べば、往来の者は笑うよりも何か事件でもあったのかと、幾人もが一緒に雪道に足を入れるだろう。事件というよりも騒動は、これから実際に起きるかもしれないのだ。

しかもひとたび起これば、松平治世のこれまでの息苦しさを払いのけるような、あるいは鬱憤《うっぷん》晴らしのような、

(町衆一揆《いっき》?)

同心溜りで平野与力の話を聞きながら感じると同時に、

(そんなことで町の者を、引っくくりたかねえぜ)

思ったものである。

一歩一歩と雪を踏みしめ、それでもやはり急ぎ足になる。足袋は濡れて痛いほどの冷たさだが、からだは寒さを感じなくなっている。

ともかく町役《ちょうやく》や湯屋のあるじたちと談合し、

(なんとか策を講じなければ)

思いが込み上げてくる。

京橋も新橋も、橋番人が雪かきをしてくれたか、歩きやすかった。

宇田川町に入ると、茂市は音《ね》をあげたか、

「旦那さまぁ。もうすこしぃ、ゆっくり歩いてくだせえよぅ」

「おう。すまん、すまん」

背後から言うのへ龍之助はふり返り、

「もうすぐだ。神明町に着いたら、ひとっ風呂浴びるか」

「えっ、ほんとうですかい。行きやしょう、急ぎやしょう」

茂市は急に勢いづいたようだ。挟箱を担いでいるものだから、その分よけいに足が雪にめり込み、それが辛かったようだ。

「さあ、すぐそこだ。ほれ、紅亭の幟《のぼり》が見えてきたぞ」

「へえ」

二人は急いだ。

東海道から神明宮へ向かう参詣人には、紅亭の幟がいい目印になっている。石段下の鳥居《とりい》から延びている一丁半（およそ百六十米《メートル》）ほどの賑《にぎ》やかな通りが、街道と交差した角に〝茶店本舗《ほんぽ》　紅亭　氏子中〟と大書された幟が出ているのだから、街道にどんなに荷馬や大八車や往来人が出ていても、けっこう目立つ。

街道に面した各種の商舗《みせ》もそうだったが、茶店の紅亭の前も雪かきをしていなかった。空を見上げれば、灰色の厚い雲に覆われている。いまは熄《や》んでいるが、ふたたび

降ってきそうな空模様だ。それを見越して、

（どうせまた降るだろうから）

と、手びかえているのだろう。

時刻なら四ツ（およそ午前十時）ごろか、午《ひる》にはまだ間のある時分だ。いつもなら往還にまで縁台を出しており、そこに客が座っていないことはめったにないのだが、きょうは縁台も出していない。入口に暖簾《のれん》は出ているが、戸は閉まっている。中に人のいる気配はする。

「旦那さま。どうなさいやす」

「ふむ」

背後で歩を踏みながら言った茂市に龍之助は一瞬迷ったが、やはり足を止めないまま、

「荷は割烹《かっぽう》のほうに預けよう」

と、茶店紅亭の前を通り過ぎた。立ちどまれば、濡れた足に雪の冷たさが痛いほどに刺し込んでくる。いくらかでも動いているほうが楽だ。

茶店の紅亭は神明町や増上寺の門前町、さらにその周辺に探索や捕物の手を入れるとき、龍之助の私的な詰所《つめしょ》となる場所でもある。だが、街道に面して人の出入りも多

い茶店に、長尺十手など捕物道具一式の入った挟箱を預けるには、いささか心もとない。その点、人の出入りはあっても神明宮の石段下で、神明町の一等地といえる場所に暖簾を張る割烹の紅亭の奥座敷なら、大事な物を預けても安心だ。しかもそこには、以前から大事なものを預けている。おもてにはしていない女岡っ引のお甲《こう》だ。隠れ岡っ引といったところだが、お甲が名うての女壺振りとあってはおもてにできるものではない。

お甲は神明町に貸元を張っている大松の弥五郎の口利きで、仲居として割烹の紅亭に入り、奥に個人部屋をあてがわれている。仲仕事《なかしごと》も龍之助の御用がないときだけという、料亭の仲居としては破格の待遇だ。

神明町の通りへ一歩入り、

「ほう」

龍之助は声を上げた。すべてが白く閑散としている。両脇の食事処やお茶処も、暖簾は出しているものの呼び込みの声は聞こえない。一丁半先の鳥居《とりい》にも雪が積もり、石段も真っ白だ。

その下に歩を進め、

「おう、俺だ。きょうは店仕舞いかい。暖簾は出ているが」

玄関の前に立って声を入れると、

「あれれれ、旦那。茂市さんも一緒で、こんな日にお役目ですか」

「ま、そういうところだ。茂市の挟箱を預かってくれ。仕事のまえにひとっ風呂と思ってなあ。それに、あとで湯屋のあるじたちが幾人か来るから、部屋を用意しておいてくれ」

「まあ、何でございましょう。湯屋のお人らがおいでになるとは」

言いながら女将《おかみ》は承知した。

いつもならまっさきにお甲が飛び出て来て、

『龍之助さまア』

と、いくらか鼻にかかった声で龍之助の刀を預かるのだが、この日は女将が奥からツツと走り出て来た。

「それは、それは。ひゃー、冷たい」

一緒に出てきた仲居が茂市の肩から挟箱をはずすようにして抱え込み、悲鳴に近い声を上げた。挟箱はまるで氷の箱のようになり、茂市も指先の神経を失い腕も自在には動かせなくなっている。

「では、慥《しか》と預けたぞ」

「はい、確かに。部屋を暖かくしてお待ちしております」

女将の声を背に、龍之助と茂市はふたたび雪の往還に出た。

この寒さと道の歩きにくさに参詣人はおらず、茶店の紅亭のように、割烹の座敷も客が入っていないようだ。雪の積もった石段など、白い急な絶壁のようで、登れたものではない。むろん人の上り下りした形跡はなく、上の境内《けいだい》はさながら陸の孤島になっていようか。

それだから龍之助は湯屋のあるじたちとの談合の場を、割烹の紅亭にしたのだ。最初は神明町の自身番でと思ったのだが、お上のご法度を話すのに自身番では、いかにも威圧するようで龍之助の好むところではない。

四

神明町の湯は、石段下からの通りの中ほどを枝道へ入ったところにある。湯屋はどの町にもおよそ一軒はあり、松ノ湯とか梅ノ湯といった屋号をおもてに出している所は少なく、多くは室町《むろまち》の湯、神保町《じんぼうちょう》の湯などと町の名で呼ばれ、町の一部そのものになっている。

龍之助は幾度か神明町の湯に浸《つ》かったことはあるが、茂市はきょうが初めてだ。

「あ、旦那さま。あそこでございますね」

と、茂市はすぐに神明町の湯を見つけた。

どの町でも湯屋は、弓に矢をつがえた看板というより印《しるし》を、さお竹の先にぶら下げて出している。〝弓射《ゆみい》る〟を〝湯入《ゆい》る〟に引っかけた洒落《しゃれ》である。

それが判らない者は、男でも女でも、

「――江戸者じゃねえ」

ということになる。

茂市はその〝弓射る〟を、目ざとく見つけたのだ。

男湯と女湯の区別がないのだから、当然出入り口は一つだ。

引き戸を開けると番台がある。湯屋のあるじが座っている。

「あ、旦那。ご苦労さまでございます」

ぴょこりと辞儀をし、

「恐縮に存じまするです、へえ」

と、本当に恐縮するようにまた頭を下げる。

湯銭は大人が寛永通宝《かんえいつうほう》の四文銭《しもんせん》二枚、子供は一枚が大方の相場だ。四文といえば駄菓子屋で子供が買う串団子《くしだんご》一本の値段だから、そう高いものではない。それに町内の常連客には、その湯屋でのみ使える羽書《はがき》という札を売っている。一月《ひとつき》有効で幾度でも入浴でき、一枚百五十文ほどで子供用はその半額になり、けっこうお得だ。町内の者はほとんどがこれを持っている。暑い日にザーッと汗を流すのも、寒い日にからだを温めるのも、まさしく庶民にとって湯屋はなくてはならないものになっており、この世の極楽と言っても過言ではない。

龍之助はそのつど料金を払い、

「おう。きょうは二人分だ」

と、十六文を番台に置いた。屋台の蕎麦《そば》一杯ほどの値だ。湯屋のあるじはそこに恐縮しているのだ。

奉行所の同心から湯銭を取る湯屋など、江戸のどこにもない。ところが龍之助は、

「――おめえらも商売でやってんだろうが」

と、伝法な口調で言い、無理やり湯銭を出すのだ。

普段、同心風を吹かせ威張っていたのでは、いざというときに町衆の合力《ごうりき》は得られない……無頼の一時期があればこその、龍之助の町衆の心理を心得た所作だ。

「それに、おいおやじ。ちょいと頼まれてくんねえ」

「へい、なんなりと。旦那のためなら」

あるじが愛想よく応えるのへ、

「俺が湯槽《ゆぶね》から出てくる時分を見計らって、増上寺門前や浜松町あたりのおめえの同業をよ、石段下の紅亭に集めておいてくんねえ。ちょいと厄介《やっかい》な話があってなあ。ま、この天候だ。触れられる範囲だけでよい」

「えっ、厄介な？　お上がまた何か新たなご法度を！」

日本橋にまだ高札は出ていない。出ていたなら、いまごろ街道筋の湯屋ではちょっとした騒ぎになっているはずだ。だが、あるじは〝ちょいと厄介な〟と聞いただけで〝お上がまた〟と即座に反応した。それほど諸人《もろびと》が、松平定信の法度漬けのご政道に敏感になっているのだ。

番台の横では茂市が、

「ふーっ。たまんねえ」

と、喜悦の声を上げた。

雪や雨の日はどの家でも商舗《みせ》でも、玄関に足洗の桶《おけ》や盥《たらい》を用意している。湯屋が出している盥はけっこう大きくて湯を入れてあり、しかも冷めればすぐ入れ替える。足袋跣で来た者はそのまま盥に足を入れ、ついでに足袋も洗って雑巾のようにしぼり、脱衣場には裸足《はだし》で入る。

龍之助が番台のあるじと話しているあいだ、茂市は盥に足をつけたまま、じわーっと神経の感覚の戻ってくるのを楽しんでいるようだ。

龍之助も大小とふところの十手を番台に預けて足を浸け、

「おうっ」

その心地よさに声を上げた。

番台のすぐ奥が脱衣場だ。最初に目についたのが、どこかの小太りの女の臼《うす》のような尻だった。なにぶん混浴であれば、脱衣場も混合だ。

龍之助も茂市も見向きすらせず、隅の籠《かご》のそばへ行き、脱ぎはじめた。すぐ横では若い女が数人かたまって帯を解いている。

それをジロジロ見ようものなら、

『そこの人！　なに見てんのよっ』

と、毒づかれるのはまだ序の口で、

『あれっ、◎◎屋の番頭さん。いやらしーぃ』

『まぁっ、▽▽屋の若旦那。なんていやな目つきっ』

と、まわりの女衆から非難の声を浴びせられ、その日から町内を歩けば、

『ほらほら、あの人。このまえ湯屋でさあ』

などとうしろ指をさされ、しばらくは恥ずかしくて町も歩けなくなる。気の弱い女でも、まわりの女たちが騒いでくれる。

そうでなくても、ちゃきちゃきの町娘が町内の男をからかうのに、湯屋で出会っただけでも、

『ちょいとあんた。このまえ見たでしょ』

などと言ったりする。その男は町内の女たちから、いつまでも白い目で見られなければならない。町場の湯屋での作法違反は、どんな場合でも断然男のほうが分《ぶ》が悪くなる。混浴で気をつかうのは、むしろ男のほうなのだ。

裸になればつぎは隅に岡湯《おかゆ》（上がり湯）のある洗い場で、女も男も糠袋《ぬかぶくろ》で体をごしごしこすっている。洗い場にはかなり湯気がこもっており、人形《ひとがた》が見える程度だ。幼児を連れた女なら前を隠すようにうまく抱き、武家や商家の娘なら婆《ばあ》やがついて来て巧みに陰をつくる。

そこでみょうな目つきをしたりちょいと手を伸ばそうものなら、そのときの騒ぎは脱衣場の比ではない。つい不注意でどこかのおかみさんの尻にでも指先が触れようものなら、たちまち金切り声の罵声《ばせい》を浴びせられ、冷たい水を頭からぶっかけられかね

ない。

お互いにそうした気遣いから免《まぬか》れるため、晴れた普段の日なら、カラスがカアの朝時分や仕事を終えた夕刻近くには男が湯に入り、女は昼間の時分とおよその時間帯でうまく棲《す》み分けている。

だが、きょうのような雪の日や雨の日などは、一日の展開が晴れの日とは異なり、湯屋の棲み分けなどお構いなしになる。まさに混浴である。

神明町の湯は町内の者だけでなく、神明宮の参詣人も来るため、他の町の湯屋より洗い場も湯槽《ゆぶね》もいくらか広い造作になっている。それがまた神明町の住人たちの自慢でもある。

湯屋自身が競い合い、自慢としている箇所がある。

流し場から湯槽に入る仕切りである。

湯槽の入り口で、破風《はふ》型や鳥居型に柱を組み、そこへ湯気が逃げないように開け閉めできない板壁が天井から低く下がっている。湯槽には腰をかがめ、這《は》いくぐるように入ることになる。これを柘榴口《ざくろぐち》といった。熟《う》れた柘榴が口を開けたように見えるからだ。

その柘榴口の板壁が凝《こ》っており、朱塗りや黒塗りで箔絵《はくえ》が描かれている。

神明町の湯の柘榴口は、朱色の鳥居にお社《やしろ》と竹藪《たけやぶ》が描かれ、実際に神明宮の背後は竹藪になっているのだ。他所《よそ》から来た参詣人が湯に入ったとき、

『ほぉう、さすがは神明さんの湯じゃ』

と、有難がっている。それがまた、神明宮の氏子《うじこ》でもある神明町の住人には嬉しいのだ。

普段なら午前《ひるまえ》であるこの時分、男女の棲み分けでいえば女のほうが多い時間帯であり、男で湯に浸かっているのは町内の隠居か参詣人となるが、きょうは仕事にあぶれた男たちが朝から押しかけている。

それらに混じって裸になり、手拭を腹の下にあて町内自慢の柘榴口に入ろうと身をかがめたときだった。茂市は痩せ型の老人でみすぼらしいが、龍之助は鹿島新當流《かしましんとうりゅう》で鍛えた筋肉質の、免許皆伝の体軀《たいく》である。

「おっと」

身をかがめたまま身を引いた。柘榴口から湯気とともに白い足が見え、身をかがめて出て来た裸の若い女と鉢合《はちあ》わせになったのだ。

女は柘榴口をくぐって腰を伸ばし、手拭を胸にあて、

「あらあ、旦那ア。あら、茂市さんも一緒?」

話しかけてきた。

お甲だった。さきほど紅亭にいなかったはずだ。

龍之助は一歩退き、

「お、お甲。来ていたのか」

「そりゃあこんな日ですから。それよりも旦那、雪の中をお見まわりですか。紅亭《おみせ》にも来てくださいねえ。待っていますから」

言いながらお甲は胸の手拭をへその下へずらした。もうそろそろ三十路《みそじ》か、それを一つ二つ超しているかもしれないが、幼少のころから甲州街道は小仏峠《こぼとけとうげ》の山中を駈けめぐり、さらに旅の一座で綱渡りと手裏剣《しゅりけん》投げの名手となり、いまでは女壺振りとして名を馳《は》せている。細身で、機敏なからだでなくてはできない。胸はもちろん十七、八の娘にも引けをとらないほどに張りがある。

湯屋で出会うのは初めてだ。湯気が立ち込めているとはいえ、互いに吐息のかかるほどの距離だ。

「さ、さっきも行ったところだ。あと、あとでまた行くから」

「ほんと！　嬉しいっ」

胸からも顔からも目をそらせて言う龍之助に、お甲は手拭一本を手にすっくと立っている。

「旦那さま、早く中へ」

寒いからか、それともたじたじのあるじへの助け舟か、茂市が背後から催促した。

「お、おう」

龍之助は救われたように、お甲からまぶしそうに目をそらせたまま、ふたたび身をかがめ、

「待っていますから」

かがめた背にお甲の声を聞き、茂市もそれにつづいた。

中に入り、龍之助がホッとしたのは、もうもうとした温かい湯気のせいばかりではなさそうだった。

柘榴口をくぐってからも、湯に入る作法がある。

柘榴口が低いのは湯気が逃げないようにするためだから、湯槽に当然ながら窓はない。昼間でも暗く、先客がどのくらい入っているかは湯音や話し声から見当をつける以外にない。

平常心に戻った龍之助は、暗く湯音のする中に、

「ひえもんでござる。許されい」

声を入れた。

柘榴口の近くあたりから、

「おう。入りなせえ」

返事とともに、一人分ほど場を空ける湯音が立った。

冷《ひ》え物《もの》、つまり冷えたからだが、温《あった》まったからだに触れたらごめんなさいよと声をかけているのだ。

「ちょいと空けてくだせえ」

など、あたりまえすぎて江戸者の使う言葉ではない。洒落を利かせるところに、暗い中で氏《うじ》素性《すじょう》の判らぬ相手でも互いに仲間意識が持てるのだ。

「へい。あっしもひえもんでござんして」

と、茂市もあとにつづいた。

「おぉう。入りなせえ、入りなせえ」

と、全体が奥へ奥へと詰める湯音が立つ。

けっこう混んでいる。

「このあと、また降らなきゃいいんだがなあ」

「あはは。きょうは天が休めと言ってくれてるのだぜ」

出職《でじょく》の者か、話しているのへ、

「それが幾日もつづいた日にゃ事だぜ」

「そうそう。おまんまの喰い上げにならあ」

また別の者の声で、仕事に出られないのを心配しているようだが、場所が湯槽の中とあっては声が弾んでいる。

また柘榴口を数人の影がふさぎ、

「はい。小枝が触れませぬよう、ごめんなさんして」

植木を持ち込んだのではない。町内のおかみさん連中のようだ。

また先客の奥へと移動する湯音が立った。龍之助と茂市も、人の揺れに随って奥へと腰を移動させた。

男の声に混じって、女同士の他愛のないおしゃべりが始まった。

「うーむ。うーむ」

すぐ隣で茂市のうめき声が聞こえる。冷え切ったからだが徐々に温まる感触に、この世の極楽を感じているようだ。

龍之助は手拭を小銀杏《こいちょう》の頭に載せ、

(ここにもご法度の網かい。これのどこが淫靡頽廃《いんびたいはい》なのでえ)

あらためて松平定信への怒りというより、馬鹿々々しさにあきれる思いになった。

五

そう長湯をしたわけでもなかったが、番台はおかみさんに代わっていた。

「あら、旦那。なんの御用か、亭主《うち》はさっき出かけましたさ」

おかみさんもなにやら心配げな表情だ。

「まあ、なんとかしなきゃなあ」

「ええ。いったい？」

龍之助の返した言葉に、おかみさんはいっそう顔を曇らせた。

また湿った足袋を履いて割烹の紅亭に帰れば、お甲が茂市にも乾いた足袋を用意して待っていた。

もうそろそろ昼の時分どきに近いが、部屋にはさきほどの神明町の湯のあるじに宇田川町、浜松町一丁目、それに増上寺門前の各町から三人、合わせて六人の顔がそろい、さらに大松《だいまつ》の弥五郎《やごろう》も、

「いったい何なんですかい」

と、小柄で坊主頭の丸い顔を見せていた。

紅亭から長屋に遣いが行ったか、

「へへ、旦那。ちょうどあっしも湯に行こうと思っていたところでしたぜ。なんでやしょうかねえ、こんな日に」

と、左源太《さげんた》も来ていた。

「おう、みんな。おめえさんらにはこんな稼ぎどきの日に、呼び立てたりしてすまねえ。まあ、足をくずしてくれ」

「旦那。神明町の同業から、旦那の御用だと聞きやしたが、いってえ何でしょうか。こんな雪の日に旦那が来なさるとは、そうとう理由《わけ》あってのことと察しやすが」

龍之助が上座に胡坐を組むなり、増上寺本門前一丁目のあるじが、端座から胡坐に足を組み替えながら口火を切った。

左源太が龍之助の横に胡坐を組んでいる。いつも職人姿だが、左源太が龍之助の岡っ引であることは、周辺の者はみんな知っている。

貸元の弥五郎も部屋にいるのは、神明町を仕切っているのが大松一家であれば、なにやら揉め事がありそうなときに、事前に弥五郎の顔があれば周囲の者はかえって安心する。そのあたりの町場の機微《きび》は、かつて無頼の一時期を持っているだけに、龍之助はよく心得ている。

　その無頼のときの一の子分が、左源太だったのだ。

「ほかでもない。ま、聞いてくれ。実はなあ」

　龍之助は深刻な表情で話しはじめた。

　そのあいだにも女将とお甲が、忙《せわ》しなく箱火鉢を運んできたりお茶を淹《い》れたりしている。あまりにも突拍子な話に、動きながらも聞き耳を立てていた。

　まだ話の終わらないうちから、

「えぇぇ！　まさか」

「ほんとにそんなお触れが出るんですかい⁉」

「冗談じゃありやせんぜ！」

　と、幾度も声が入り、湯屋のあるじたちは何度も顔を見合わせていた。

「出るんじゃなくって、もう出ておる、きのうだ。この雪のせいで、町触が遅れているだけだ」

「ううっ」

　湯屋のあるじたちは絶句の態《てい》となった。

　無理もない。脱衣場も洗い場も柘榴口も湯槽も、

「一つしかありやせんのに、もう一つ造れってんですかい」

「そんな余裕なんか、土地も金も、逆さにしたってありやせんぜ」

一斉に龍之助に喰ってかかった。

「皆さんよ。鬼頭の旦那に文句を言うのは、筋違いじゃござんせんかい。旦那は雪を蹴って、世間さまより早く知らせてくださったんですぜ」

龍之助と向かい合わせの下座から言ったのは、大松の弥五郎だった。

「そ、そりゃあ、そうでございますが」

誰が言ったか、一同は困惑したようにおとなしくなった。

「それにしても、無茶な話ですぜ」

一瞬、静かになった間合いを埋めたのは左源太だった。

岡っ引が言うのへ湯屋のあるじたちは勢いを得たか、ふたたびざわつき始めた。

「だからよう」

龍之助はまた伝法な口調を一同にかぶせ、

「お上は一度出した法度を引っ込めたりはしねえ。おめえさんらに考えてもらいてえのは、これをどうするかだ。いまの地所にもう一つ同じものを造るなんざ、できっこねえことは百も承知だ。よしんばやったとしても、薪代《まきだい》も人手も現在《いま》の倍かからあ。

そこをなんとかできねえかい。こうも足場の悪い日に、おめえさんらにご足労を願って鳩首《きゅうしゅ》してもらっているのは、江戸中でここが最初だ。だからきょう話し合ったことが、江戸中のおめえさんらの同業の範《はん》になると思ってくんねえ」

「えぇ、わたしらがお江戸の範に⁉」

恐縮したような声も出れば、

「ようし、考えようぜ。わたしらのためだけじゃねえ。江戸中数百軒の同業のためさね、みんな」

言ったのは本門前一丁目のあるじだった。

「そう、そういうことだ。俺たち奉行所の同心はなあ、こんなことで江戸の町に大事なおめえさんらを、引っくくりたくねえのよ。なんとか法度をくぐり抜ける方途《ほうと》を編み出してくんねえ。それが、俺たち町方のためにもなるのさ」

「おおう」

ようやく談合は前向きに進みはじめた。

「うーむ。いまのままで男客と女客を分ける？」

「難しいなあ」

深刻で真剣なうめきが座に洩れる。

不意に言う者がいた。

「脱衣場から湯槽まで、まん中に縄を一本張って、左が男衆、右が女衆にするってのはどうですかい」

ふざけて言っているのではない。大まじめなのだ。それが証拠に、

「ふむ」

うなずき、

「旦那、そういうところでどうでしょう」

龍之助に伺《うかが》いを立てる者もいた。

「ふむ。それじゃ分けたことにならねえぜ。それに湯槽の中じゃ、縄は見えねえ」

「そうそう」

龍之助がまじめに応えたのへ、これもまじめにうなずく声があった。

「鬼頭さま。ここは一つどうですかい。女客の声として、女将とお甲さんにも入ってもらえば」

「そう。それがいい」

大松の弥五郎が下座から言ったのへ、龍之助も湯屋のあるじたちもうなずき、さっそく女将とお甲が呼ばれ、弥五郎の横に端座した。

二人とも断片的にしか聞いていなかったが、内容が内容だけにすべてを呑み込んでいたようだ。

「なんですかねえ。湯屋さんのどこがお色気一杯の淫靡な場なんでしょう。お上のお人がそんなこと思っているから、そう見えるだけじゃないのですか。あ、旦那の前でとんだ失礼を」

「いや、いいんだ。まさにそのとおりさ」

女将が思わず言って手で口をふさいだのへ、龍之助は返した。

「そこをなんとか、というのでしょう。縄一本じゃ、見えるものは見えるし」

言いながらお甲が正面の龍之助に視線をながしたのへ、

「うっ、うむ。さよう」

龍之助は、思わず目をそらせた。手拭一本の裸で向かい合ったのが、やはり二人とも脳裡から離れないようだ。

そのことは座の者は知らず、茂市は別室で気持ちよさそうに湯上りの身でうつらうつらと船を漕いでいる。たとえその場に居合わせた者がいたとしても、きわめて日常的なことで、別段気にとめることでもないのだが。

「さあ、お甲さんの言うとおりだ。なにか策はござんせんかい。あっしもこんなことで、町に騒ぎが起きるのはご免ですぜ」

弥五郎がさきをうながした。

一同は女将とお甲をまじえ、ふたたび真剣な思案の表情に戻った。

言う者がいた。宇田川町のあるじだ。

「日切《ひぎ》りというのはどうでしょう。きょうは女客に来てもらい、あしたは男客に……という具合で」

「冗談じゃありやせんぜ。俺ア羽書一枚持って毎日カラスがカアでひとっ風呂、夕方にまたザーの口でさあ。それを一日置きたあ酷《こく》ですぜ」

「そう、そうですよ」

左源太が勢いよく言ったのへ、お甲があと押しの声を入れた。

湯屋のあるじ衆も大松の弥五郎もうなずいている。

「そうだ、ならばこんなのは」

胡坐のままひと膝前にすり出たのは、神明町のあるじだった。

「隣近所の同業が組んで交替で女湯と男湯に……。たとえばきょう宇田川町さんが女だけなら、わたしの神明町や浜松町一丁目さんは男湯、と。それを順番に……」

「そりゃあまずい。お客さんが手拭と桶を手に、きょうはどっちだどっちだと彷徨《さまよ》わなければなりませんよ。それにきょうは女湯、あしたは男湯と限定したんじゃ、お客の足は確実に減りますよ」

宇田川町のあるじも、ひと膝まえにすり出て言った。

まわりはうなずいた。

すり出たついでではないだろうが、宇田川町はそのままつづけた。

「そこですよ、いまの作法をそのままに触れを出しては」

「いまのままに？」

「どういうこと？」

声が出た。周囲は興味を持ったようだ。龍之助も宇田川町に視線を据えた。

周囲の視線を受け、宇田川町のあるじは話した。

「さっき左源太さんがおっしゃった、カラスがカアの日の出から一刻（およそ二時間）か二刻ほどを男湯にして、午《ひる》すこし前くらいから八ツ（およそ午後二時）ごろまでを女湯……とまあこんな具合に」

「境目の時刻をどうしますね。男と女が入れ替わるときさ」

「そこはその場その場に合わせりゃよござんしょ。一応の目安さえ決めておけば」

浜松町一丁目が言ったのへ、本門前一丁目が返した。

「ふむ。女の目からはどう思うね」

龍之助が女将とお甲に視線を向けた。

「そりゃあご法度などないのが一番いいのですが、どれか一つを選べと言われれば、さっき宇田川町の旦那さんのおっしゃった、一日の中での刻切《こくぎ》りが、悪い影響を最も受けずにすむのでは。あ、ご法度に悪い影響などと」

女将はまた手を口にあてた。

「いいってことよ。世情を知らぬこんなご法度に、いいところなどはねえ」

龍之助は言うと湯飲みを口にあてた。

町衆を前にご政道の批判を口にする同心など、北町と南町を合わせても鬼頭龍之助くらいしかいないだろう。

(鬼頭さまは元来、そういうお方)

神明町をはじめ、近辺の町々の衆は知っている。だから声をかけられれば数人がすぐに集まり、悪法への対策も心置きなく話せるのだ。

それに龍之助は、

(奉行所内でも、同輩のお人らはお上のお達しに不満を抱いているが、ただ口にしないだけ)

であることを、感じ取っている。

「よし、分かったぜ。きょうはいい案を聞かせてもらった。雪の積もった道を踏んできた甲斐はあったぜ。さっきの案を、なんとか奉行所で日の目を見られるように図ってみようじゃねえか。おい、お甲。茂市を呼んでくれ。これから奉行所へ出仕だ」

「あら。茂市さんならさっき、わたしの部屋で寝ていましたよ」

料亭で仲居の一人部屋など贅沢この上ないが、さらにお甲の部屋は六畳と広い。営業用の座敷が混んでいるとき、お甲の部屋が龍之助の、弥五郎たちや町衆らとの談合の場になるからだ。

「起こしてきましょう」

「いや、寝かしておいてやんな。目が覚めたら一人で八丁堀へ戻るように言っておいてくれ。左源太、おめえが挟箱持だ。きょうは八丁堀に泊まれ。急なつなぎ役が必要になるかもしれねえ」

「へい」

「あらあら、旦那。せめて中食《ちゅうじき》など。いまちょうど時分どきですから」

「途中で食べる」

女将が言ったのへ龍之助は腰を上げ、左源太をうながし早々に玄関へ向かった。

全員が部屋を出て玄関の板敷きに端座し、龍之助と左源太を見送った。

これまでの隠売女や賭博や贅沢奢侈《しゃし》の禁で、龍之助が定廻りの範囲とする町々で挙げられた者はおらず、挙げたのは禁令を逆手《さかて》に悪事を働く者ばかりであったことを、近辺の町衆はよく知っているのだ。

帰りはまた足袋跣だ。左源太は挟箱を肩にあとへつづいた。

板場で端座するだけでなく、女将もお甲も弥五郎も、また湯屋のあるじ衆も下駄を履き外まで出て見送った。

六

「左源太」

「へい」

「急ぐぞ」

足はたちまち湿るよりも濡れて刺すような冷たさに包まれたが、足以外は急いでいるせいか暖かさを感じる。

「兄イ」

と、左源太は龍之助と二人だけのときは昔の呼び方になる。

「おう」

龍之助は急ぎ足のまま、首だけをふり返らせた。

「なんでこんなに急ぐんですかい。この雪の積もりようじゃ、町も奉行所もまともに動いちゃおりやせんぜ」

「だからだ」

「えぇえ？」

左源太に急ぐ理由をまだ話していない。

実際、左源太が言うように街道には荷馬も大八車も出ておらず、両脇の商舗も閉めているところがけっこうある。町は動いていないのだ。

それに、ときおり雪がちらつく。積もった上にまた積もり重ねるほどではないが、
龍之助は笠をかぶり、左源太は頬かぶりをしている。

（この雪が、さいわいしてくれればいいのだが）

龍之助は思いながら、

「左源太、つづけ」

と、さらに速足となった。

平野与力が言っていたように、日本橋や四ツ谷大木戸、田町《たまち》の札《ふだ》の辻《つじ》などの高札場には、まだ町触は出ていないだろう。定町廻りの同心たちも、龍之助以外にわざわざ雪道を押して町触に出た者はいないだろう。

つまり、柳営からお達しはあったが、町触はまだ出されていない。

さすがに呉服橋御門の近辺は雪かきがされており、御門からすぐ目の前の奉行所の正面門までも道をつけるように雪が除かれていた。

正面門を入ると、

「おう、左源太。ここで待っていてくれ」

龍之助は左源太を正面門に待たせ、奉行所母屋の正面玄関に向かった。

左源太にはそのほうがありがたい。挟箱を担いでおれば、門番から同心の下僕と認められ、門番詰所に入れてくれる。門番は草履《ぞうり》に腿《もも》をむき出しの中間姿であり、しかも動きがないため寒気が肌を刺す。詰所には火鉢があり、暖をとることができる。

「おぉぉ、たまんねえ」

さっそく左源太は濡れた足袋を脱ぎ、乾かしはじめた。

母屋の正面玄関で龍之助は乾いた足袋に履き替え、同心溜りではなく与力部屋に急いだ。

「おう、鬼頭。戻ったか。で、首尾はどうだ。なにかいい考えはあったか」

「それでございます、平野さま」

平野はきょう、朝から鬼頭龍之助が微行に出た目的を知っていたように、期待の声をかけた。

龍之助は足を胡坐に組み、

「お奉行に急いでくださるよう掛け合ってください」

ひと膝にじり出た。

龍之助は割烹の紅亭での話を披露した。

「ふむ。なるほど」

平野は相槌を打ちながら聞いている。

きのう柳営で奉行が新たな停止《ちょうじ》の法度を拝命するとき、かなりの時間を要した。南北の奉行二人は簡単には受けず、異議申し立てをしたのだろう。

両奉行がそれぞれの奉行所に戻り、与力たちに説明をしたときもかなりの時間がかかった。与力たちは口ぐちに新たな法度の理不尽を言い立てたのだ。

だが、一度出た法度は覆《くつがえ》せるものではない。

だから平野与力は同心たちに、法度への皮肉を込めた伝法な口調で語ったのだ。

ということは、奉行さえ承知すれば、さらに松平家の中にも町場に通じた家臣がおり、定信に下々《しもじも》の慣習と淫靡は別物と説《と》けば、

（法度の文面に、なにがしかの緩和策をつけ加えられる余地はある）

平野も龍之助も、そう算段しているのだ。とくに北町奉行の曲淵甲斐守は、近ごろ度の越えたなんでもご停止の松平政道には批判的であり、

（すぐに動いてくださる）

二人は思っている。

「よし、分かった。さっそくお奉行に。いま、奥においでだ。おめえはどうする。一緒にお奉行に説明するかい」

「いえ。私は松平さまの屋敷に知《し》る辺《べ》がありますので」

「おう、そうかい。そうしてくんねえ。さいわい、奉行所からまだ高札は出していねえから。おめえの同輩たちにゃ、直接の町触はちょっと待てと指示しておこう。さあ、善は急げだ。ふふふ、雪が積もってちょうどいい按配《あんばい》だぜ」

「まったくで」

平野が早々に腰を上げたのへ龍之助も急ぐようにつづいた。

部屋を出ると二人は、

「それでは」

と、廊下を別方向に急いだ。

龍之助の姿は正面門の門番詰所にあった。

「左源太、行くぞ」

「どちらへ」

まだ足袋が乾いていない。

「松平屋敷だ」

「えぇえ！」

左源太がまだ湿っている足袋を履きながら返したとき、龍之助はもう正面門を出ていた。

「兄イ、待ってくれよう」

左源太は挟箱を肩に追いかけた。

松平屋敷は外濠《そとぼり》幸橋《さいわいばし》御門の内側で、さほど遠くはない。それに往還の両側は大名屋敷ばかりで、朝から中間や足軽が出たのだろう。どの屋敷の門前も雪かきがされ、白壁に沿って雪を踏まずに歩けるようになっていた。足袋跣にならずにすんだが、やはり湿ってくる。

さすがは今をときめく老中首座の上屋敷か、正面門はすっかり雪かきがされ、庭のほうもかなり広い範囲に雪がのぞかれている。

「北町奉行所の鬼頭龍之助と申す。ご当家足軽大番頭《おおばんがしら》の加勢充次郎《かせみつじろう》どのに、お取次ぎを願いたい」

職人姿だが挟箱を担いだ供を連れた、歴とした奉行所の役人の申し入れである。門番はすぐさま奥へ駈け込んだ。

待つほどもなかった。

中間の岩太《いわた》が走り出て来て、

「こんな歩きにくい日に、と加勢さまは驚かれ……。あ、左源太さんも」

笑顔になった。大番頭付きの、左源太と気の合う中間である。

「で、加勢どのはいかように」

「あ、これは失礼いたしました。鬼頭さまにはすぐ甲州屋へ参るゆえ、と申されておいでです」

「分かった。さきに行って待っておる」

これには左源太も喜んだ。松平屋敷で談合に及んだなら、武家の作法としてお供の者は寒空の下でじっと待っておらねばならない。だが甲州屋なら、お供にも充分な待遇をしてくれる。

「へへへ。加勢さまも気が利いておりやすねえ。せっかく旦那が来たというのに、場所をいつもの甲州屋にするたあ」

「あはは。そうなると思っておったわさ。甲州屋へ行くにはここが通り道だし、ついでに寄ったまでのことだ」

二人は松平屋敷の門前から幸橋御門に向かった。

雪はまだ、ときおりちらつく程度に降っている。

幸橋御門を出ると、愛宕下《あたごした》の大名小路を抜けて町場に入れば、そこがもう甲州屋のある宇田川町だ。

七

甲州屋は商売柄、街道から外れた脇道の一角にそっと暖簾《のれん》を出しているが、さすが献残屋商《けんざんやあきな》いでも大店《おおだな》のことはあり、門前の雪かきはゆきとどいていた。

「これは、これは。こんな日にお越しとは」

番頭の知らせに、あるじの右左次郎《うさじろう》も急ぎのすり足で奥から出て来た。松平屋敷の

加勢充次郎と同様、足場の悪い雪の日に、不意に鬼頭龍之助が来たことを番頭から告げられ、

（えっ。鬼頭さまが！　なにか緊急の事態が⁉）

と、驚いたのだ。

腰の低い商人らしく揉み手で出て来たが、顔は緊張の色を刷《は》いていた。

小僧の用意した足洗いの湯でひと心地つけながら、

「あとですぐ松平屋敷の加勢どのも」

「それでは、すぐいつもの部屋を」

首だけふり返らせた龍之助に右左次郎は応え、女中を呼び部屋の用意を命じた。

手代が、

「これを」

と、左源太の分も出した乾いた足袋に履き替え、奥に向かった。

雪の積もった中庭が美しく、いつもとは違った風情に見え、明かり取りの障子を閉めるのがもったいないくらいだ。

部屋には火鉢が用意され、熱いお茶が運ばれた。別部屋に通された左源太にも、火鉢とお茶が出されているはずだ。

加勢充次郎が来るまで、まだすこし間がある。待つあいだ、

「実はなあ……」

きのう柳営から出たばかりの布令を龍之助は話した。

「えぇえ！　ご停止が町の湯屋にまで⁉」

と、右左次郎も驚きを隠さない。

大名家から将軍家への献上品の残り物や、武家や商家の贈答品の買い取りに再利用を商いとする献残屋には、世の動きがいち早く伝わってくる。その大店の甲州屋がまだ知らない。

「ふむ」

と、龍之助は雪のおかげで町触が遅れていることを確信し、独《ひと》りうなずいた。

「ささ。鬼頭さまは、すでにお越しでございます」

番頭の声とともに、縁側の廊下に足音が聞こえた。

障子が開き、

「いやあ、これは鬼頭どの。こんな日にいきなりで、驚きましたぞ」

言いながら加勢は龍之助の前に胡坐を組んだ。

「では、ごゆるりと」

女中がお茶を運んできて退散するのと一緒に、あるじの右左次郎も部屋を出た。甲州屋が松平家白河藩御用達《ごようたし》の献残屋なら、松平屋敷の内緒にはけっこう詳しい。だからなおさらであろう。松平家足軽大番頭の加勢充次郎と北町奉行所定町廻りの鬼頭龍之助が談合するとき、あるじの右左次郎は家の者を二人の部屋には近づけず、庭からも遠ざけるのが恒例となっている。加勢にしても奉行所の役人と膝を交えるのに、料亭など人目につきやすい所はさけ、目立たない甲州屋の奥座敷を利用するのがいつものこととなっている。どこの屋敷にも商家にも、他人には知られたくないお家の事情や秘密はあるものだ。

「で、例の件。見つかりましたか」

胡坐居のまま、加勢はひと膝まえにすり出た。湯飲みを載せた茶托《ちゃたく》が膝にあたりそうになり、

「おっと」

加勢は勢い込んだ動きを止め、龍之助の目を見つめた。

以前から加勢には、市井に通じている龍之助を見込み、秘かに合力《ごうりき》を依頼している件がある。それはまた、松平定信からの極秘の下命でもあった。こればかりは定信も藩の横目付《よこめつけ》ではなく、足軽なら町場のようすに詳しいだろうと、足軽大番頭の加勢充

次郎へ直《じか》に命じたのだ。

定信は柳営で田沼意次を倒すと同時に、猛然とその親族や息のかかった者を排斥《はいせき》していった。一人だけ所在の判らない者がいた。意次が六百石の旗本であった時代に、腰元に産ませた子である。腰元は屋敷を出て生んだため、その後の所在が判らなくなった。加勢の探索で、その子がどうやら男子であったらしいことをつかんだだけで、そこからさきがまったく判らない。

それを探し出し、この世から排除するのは定信の執念となっており、加勢は常に定信から催促されている。屋敷の中でも定信がいまなお意次の血縁を探っていることを知る者は、この加勢充次郎と江戸次席家老の犬垣伝左衛門《いぬがきでんざえもん》のみだった。

それだから加勢は、屋敷で門番から北町奉行所の鬼頭なる同心が訪ねて来たと告げられたとき、

（さては例の件）

早合点し、

（屋敷内で話すのはまずい）

即断していつもの甲州屋を指定したのだ。

「いや、加勢どの。きょうはその儀ではござらぬ」

「えっ、違う？」

加勢の期待に満ちた表情が失望の色に変わった。

「実は、きのうご布令のあった湯屋の入込み停止《ちょうじ》の件でしてなあ」

「あっ、あれでござるか。困ったことで」

思わず加勢も〝困った〟を口にした。

松平屋敷から人が出て、町方が法度の禁令をまともに取締っているかどうか監視しているのは足軽たちであり、その束《たば》ねが加勢充次郎である。だから加勢は江戸の町衆の動静に通じており、きのう下知された入込み停止の内容も詳しく知っているのだった。

湯屋の入込みなど、定信にすれば取締りはきわめて簡単なことと思っていようが、厳格にやれば町場に騒動が起き、ひいてはご政道への積年の憤懣から一揆になりかねないことも、加勢は感じ取っており、龍之助がそれを口にするなり、あらためて強い関心を示したのだ。

「実はきょう午間《ひるま》……」

龍之助は湯屋のあるじたちと談合した内容を話しはじめた。

別の部屋では左源太と岩太が、

「おぉう、岩よ。さあ、火鉢があるぜ。あたりねえ、あたりねえ」

「ほっ。これはありがてえ」

と、暖をとっている。足袋も履かず腿もむき出しで、武家の作法どおりあるじの用事がすむまで外で待たされたのでは、寒さが刺して腿など紫色に腫れ上がることだろう。中間の岩太にとって、お供の場所が甲州屋であることは、ことさらありがたいことなのだ。

「どうでえ、最近の屋敷のようすは」

「あゝ、まったく息が詰まらあ」

暖かい部屋で熱い茶をすすりながら、二人は話しはじめた。

奥の座敷では、

「ほおう、さすがは鬼頭どのじゃ。さっそく動かれたか」

加勢は上体を前にかたむけ、

「ほう。ほう、ほう」

と、奉行所での平野与力以上に関心を示し、聞き入った。

いまなら町触もまだで、ご法度の文面になにがしかを書き入れることも、

「できぬ相談ではないと思うが、いかがか」

「ふむ。一考の価値はある。なるほど、奉行所は町触を雪が融けてからになさるか。ならば屋敷のほうも急がねば。実は、これはかりは外に出る機会の多い、わが配下の者からも不満が出ておりましてなあ。どうやら法度違背《いはい》は、わが配下からも出そうな気がしておりましてな」

わが意を得たように加勢は返し、

「ご亭主。帰りますぞ」

障子越しに縁側の廊下のほうへ声をながし、腰を浮かせた。

(市井を知るものなら、かならず批判的であるはず)

龍之助の読みは当たった。加勢充次郎は市井を知る男なのだ。

浮かしかけた腰を、

「あ、そうそう」

と下ろし、

「で、例の件はいかがでござろう。屋敷で殿からよく催促されましてなあ」

「その儀でござるが、なにぶんご政道にご停止の法度が多いゆえ、忙しゅうて」

「ふむ。もっともでござる」

加勢は真剣な表情で応え、

「ともかく町場の湯屋の件、次席家老の犬垣さまと一緒に、きょうのうちに殿へ進言しておきましょう」

関心を目前の湯屋の件に戻した。

皮肉なもので、私的な用件で奉行所の同心に合力を頼み、その同心らを手がまわらなくなるほど忙しくさせているのは、定信自身なのだ。

それに加勢は〝殿に進言〟と言ったとき、身をぶるると震わせた。

松平定信が極度の神経質で執念深い性質《たち》であることは、白河藩の藩士でなくても広く知られている。意見をして罵声を浴びせられるのはまだましで、湯飲みや脇息《きょうそく》を投げつけられるかもしれない。

ぶるると震えたのは、きょうこのあと展開するであろう場面が、加勢の脳裡をよぎったのだろう。

縁側の廊下に足音が立ち、

「もうお帰りでございますか」

あるじ右左次郎の声とともに障子が開けられた。

加勢はもう立っていた。

「これは加勢さま。せめてここで夕餉《ゆうげ》なりともと思うておりましたのに」

「いや、いや。雪が融けるまでにやっておかねばならぬ用が出来《しゅったい》いたしてのう」

右左次郎が言うのへ加勢は返した。

「えっ。雪が融けぬあいだに？」

右左次郎は首をかしげる仕草を見せたものの、すでに入込み湯の件は龍之助から聞いており、意味はすぐに解した。

龍之助も店場まで見送りに出た。

「もうお帰りですかい」

と、岩太と一緒に出て来た左源太は残念がった。口には出さないが、一番残念がっているのは岩太だろう。甲州屋ではお茶も膳も、供の者にも同じものを出している。火の気のない殺風景な中間部屋で、あるじ定信の倹約令による膳をつつくより、暖かい甲州屋の部屋で気の合う左源太と箸を動かすほうが断然おいしいし楽しい。

右左次郎と番頭は外まで出て見送った。

いくらか間合いを置き、龍之助と左源太が甲州屋の暖簾を出た。松平家の家士と奉行所の役人が献残屋から一緒に出て来るなど、顔を知っている者に見られたならどんな噂が立つか知れたものではない。隠密に隠密がつくなどと巷間《こうかん》言われている密告の世は、なんでもご停止の松平定信の政道が作り上げたものなのだ。

見送りに外まで出た右左次郎が言っていた。

「この雪が融けないうちにですね。がんばってください」

「ふふふ。まったく困ったことよ」

龍之助は苦笑の態《てい》で返し、

「はい。そのようでございますなあ」

右左次郎は応えた。

（このご法度、なにやら松平さまの潮目《しおめ》が見えてきたような）

献残屋の勘で、そう思えてきたのだ。

白い雪のせいか、夕餉に近い時分となっているのだろうが、まだ厚い雲に暗さは感じなかった。

ふたたび足袋跣になり、冷たい雪に歩を踏みながら、

「で、岩太の話はどうだったい」

龍之助が首をふり返らせたのへ、

「あははは。お屋敷でも中間や女中衆にいたるまで、どうしよう、どうなるのだと、心配よりも不満たらたらだそうですぜ」

「うふふ。やはりなあ」

龍之助も苦笑した。大名家や高禄旗本の屋敷には奉公人用の風呂もあるが、そう手足を伸ばせる造りではない。中間や女中など、町場へ遣《つか》いに出たついでにちょいとひと風呂と、法度の行方によっては息抜きができなくなるのだ。

二人は八丁堀の湯屋に立ち寄ってから組屋敷に帰った。

茂市はとっくに帰っており、

「帰りは楽でございやした」

と、挟箱を左源太が持っていったことをありがたがっていた。

きのうきょうと、龍之助には忙《せわ》しない二日間だった。

奉行所も、それに松平屋敷もそうだった。

その忙しさは、翌日の十日もまだつづいた。

北町奉行の曲淵甲斐守が仰々しく松平屋敷に訪《おとな》いを入れ、登城前の定信と面談したのは、朝のまだ早い時刻だった。きのうのうちに、平野与力は曲淵甲斐守と膝詰談判をしたようだ。

奉行と与力二名は騎馬で、同心四名は徒歩《かち》だった。朝から薄日が射していたが、雪は夜のうちに凍てつき、滑らないように気をつければ足袋跣にならなくてもよかった。騎馬のなかには平野がおり、徒歩のなかには龍之助がいた。夜明け前に奉行所の遣いが八丁堀の組屋敷に来て、動員をかけられたのだ。

さらに挟箱持の中間が十人もつづいた。大名家の、しかも老中首座の屋敷を訪れるとなると、やはり仰々しく列を組まなければならない。

甲斐守が定信と面談しているあいだ、与力はむろん同心たちも屋内に入れられたが、中間たちは寒い外で待たされた。

雪隠《せっちん》に行こうとして龍之助が廊下に出たとき、加勢充次郎と出会った。加勢は龍之助と目で合図を交わし、人差し指でかすかに額《ひたい》を示した。小さな傷があった。脇息か湯飲みを投げつけられたようだ。だが、屋敷内を歩いている。謹慎《きんしん》にはなっていない。ということは、

(聞き容れられた)

加勢の目は語っていた。

二人は目だけの挨拶で、無言のまますれ違った。

中奥の一室での奉行と定信の談判は、半刻（およそ一時間）ほどに及んだ。

それから定信は登城し、奉行も一度奉行所に戻ってからお城へ出仕した。

平野与力は奉行から聞いたか、登城の供をするまえに、

「ご老中は、しぶしぶ容れられたようじゃ」

龍之助にそっと言った。

けさ左源太は茂市に代わって龍之助の出仕の供をし、門番詰所横の同心部屋で待っていた。

龍之助から首尾を聞かされると、

「さっそく町のお人らに」

雪融け水にぬかるむ往還を、足袋跣で神明町へ走った。

(やるだけのことはやった)

龍之助は内心、満足感を覚えた。

翌睦月《むつき》(一月)十一日、往還も広場もまだぬかるんでいるが、地面は高札を立てられないほどではなかった。

柳営より新たに布令が出された。

〝男女入込み湯は固く停止《ちょうじ》せしめ候《そうろう》〟ことと、来月十四日までを準備期間とし、〝十五日より相止《あいと》め申すべく候〟ことに変更はなかったが、文面にはつぎの一文が加えられていた。

——刻限にてはかえって紛《まぎ》らわしく候あいだ、最寄《もより》々々申し合わせ、差し合わざるよう女湯を焚《た》き申すべく候は可《か》なりさすがに縄を張って男女を分ける案は無視されたが、日決《ひぎ》りで男湯の日、女湯の日とするのは差しつかえなしというのである。

それに、刻切《こくぎ》りは不可のようだが、〝紛らわしく〟なければお構いなしとも取れる文面だった。

定町廻りの同心たちは、

「さすがは市井に詳しい鬼頭さん。お手柄ですぞ」

「これでなんとか騒ぎにならず、助かりますよ」

口々に言い、それぞれ受け持ちの町々へ直接の町触に出かけた。

幸橋御門内の松平屋敷では、市井に詳しい加勢充次郎が、

（端《はな》から箍《たが》をゆるめた法度だが、松平《うち》の殿さんのご政道も先が見えてきたような）

胸中につぶやいていた。

それはまた、曲淵甲斐守も平野与力も同じだった。

とくに鬼頭龍之助は、それが真の狙いだったのだ。

二　法度破り

一

その日が来た。

――ジャバジャバザーッ
湯音が聞こえる。

「旦那。ほんとうに取締りなさるかね」

「ご隠居。野暮《やぼ》なことは、訊《き》くもんじゃござんせんぜ」

湯槽《ゆぶね》の中で、さきほど脱衣場で一緒になった、仏具屋の隠居が龍之助に声をかけてきた。声の位置から、龍之助と向かい合わせに浸《つ》かっているようだ。たしなめるように応じたのは、大松の弥五郎だった。

カラスがカアのひとときは過ぎているが、これまでの棲《す》み分けでは、まだ男客の多い時間帯だ。

入込《いりご》み勝手《かって》次第《しだい》が最後となる如月《きさらぎ》（二月）十四日、早めに八丁堀の組屋敷を出た龍之助は、微行《びこう》のつもりで神明町に足を運んだ。

街道に面した茶店の紅亭でひと息入れた。

奥の部屋には入らず、往還に出している縁台に腰を下ろした。

隣の縁台に座っていた、商家のおかみさん風の四人連れが、不意におしゃべりをやめ、ぎこちなく茶をすすりはじめた。なにを話していたか、およそ察しはつく。奥から出て来た老爺《おやじ》も、

「――これは鬼頭さま。神明さんに参詣に来られたお客さんからよく訊かれますじゃよ。神明町の湯は日切《ひぎ》りか刻切《こくぎ》りかって」

町触《まちぶれ》はかなり浸透しているようだ。

町々によって湯屋の対応は違った。神明町や宇田川町、浜松町《はままつちょう》などはこれまでの入込み勝手次第に最も近い刻切りにしたが、増上寺門前町のほうは紛《まぎ》らわしさを避けて日切りにし、それぞれ出入り口にも中の脱衣場にも、十日ほど前から貼り紙で告示している。

ここまで話を進めるのにも、それぞれ受け持ちの同心と町役《ちょうやく》、湯屋のあるじやかみさんたちが、町触にもあったとおり〝最寄《もより》々申し合わせ、差し合わざるよう〟にするため、幾度も談合したものである。もちろん龍之助も、芝一帯の湯屋の集まりに、毎日のように膝をならべていた。

そのたびに龍之助に限らず同心たちは、

「――なんでこんなご法度《はっと》を出しなさる」

と、諸人《もろびと》の非難を浴びねばならなかった。

これまでの隠売女や賭博の停止《ちょうじ》は、その筋の者さえ取締ればよかったのだが、このたびはそうはいかない。役人風を吹かせ高飛車に出れば、町奉行所は南北とも江戸中の住人を敵にまわさなければならなくなることを、同心たちには分かっているのだ。方途を間違えば、向後《こうご》のご政道にさし障ること大なりと言わねばならない。

このことからも、龍之助の最初の一歩で、奉行所のお達しで無理やり法度の網をかぶせるのではなく、湯屋が集まってみずから対応策を定めるように事が運んだのは、お上《かみ》のためにもきわめて意義あることだった。

茶店で隣の縁台の女四人連れも、他の町から神明宮の参詣に来て、まず湯に浸かってからと算段し、老爺か茶汲み女に訊いたのだろう。男女入込みが勝手次第でなくなるのはあしたからだが、こたびのご法度は、それだけ諸人《もろびと》の注意を引いていることになる。

四人連れはおそらく、ご法度への不満を話していたのだろう。そこへ小銀杏《こいちょう》に着ながしで黒っぽい羽織をつけた、誰が見ても同心と分かる二本差しが座ったのでは、つい口をつぐむのも当然であろう。

「――ま、せいぜい説明しておいてやれ」

龍之助が老爺に返すと、女たちは横目でじろりとその同心をにらんだ。町衆の、せめてもの不満の表示である。

「――ゴホン」

龍之助はその視線を感じ、咳払いをして、

(――ちょいと浸かってくるか)

その場で決め、腰を上げたのだった。

神明町の湯に入るのは、あの雪の日以来、およそ一月《ひとつき》ぶりだ。

同心がお役目中に湯屋の暖簾《のれん》をくぐるのは、決して怠け心からではない。探索で小銀杏を町人髷《まげ》に変え、行商人や職人姿を扮《こしら》えているときなど、日に四、五回も入る場合がある。

聞き込みである。

あの雪の日もむろんそうだったが、とくにきょうは、あしたからの〝男女入込み湯は固く停止せしめ〟るための準備が、とどこおりなく進んでいるかを見るための、役務の一貫となる。

「――旦那、いよいよでさあ」

神明町の湯屋のあるじは、龍之助が顔を出すと緊張の面持ちで迎えた。

「――ま、なんとかうまくやってくれ」

龍之助は返し、脱衣場に入ると、

「――おっ、これは鬼頭の旦那」

と、大松の弥五郎が声をかけてきた。代貸《だいがし》の伊三次《いさんじ》を連れ、ほんのひと足さきに来たようだ。

「――おう、これは」

と、龍之助は救われた思いになった。

町衆から奉行所の同心を見れば、実際にそうなのだがお上の手先であり、嫌な法度への恨みつらみをもろにぶつけられる。この一月《ひとつき》、龍之助に限らずどの同心もそれを経験している。

「――まったく町触が出てからというもの、町に出るのが辛《つろ》うございますよ」

「――さよう、さよう。それがしもです」

と、奉行所の同心溜りで連日、町場の冷たい視線が話題になっていた。

それら同心たちの声には、

(――まったく無意味な法度を、ご老中さまは……)

との思いが、口には出さないが秘められている。

湯屋ではなおさらだろう。そこへ町の貸元にその代貸と一緒になったのだから、庶民からの障壁になってくれる。実際、弥五郎が湯気のなかで〝鬼頭の旦那〟と言ったとき、湯気に紛らわされているものの、瞬時周囲の冷たい視線を感じた。

湯槽《ゆぶね》に入り、湯音ばかりで顔が見えなくなると案の定、声をかけてくる者がいたのだ。

「えっ、お奉行所の旦那が来てなさるのかい」

隠居と弥五郎の声につづける者もいた。それがまた湯屋のいいところなのだが、

「あゝ、来ているぜ。だがな、あしたからのご停止は俺が出したのじゃねえ。勘違いは困るぜ」

「そういうことだ」

龍之助の声に弥五郎の声がつづくと、

「そりゃあ分かっておりやすが」

と、せっかくの天下御免の湯槽の中に、ぎこちない空気がながれた。

(これからこんな状態がずっとつづくのかい。お上に文句を言いたいのは、こっちのほうだぜ)

龍之助は心中につぶやき、湯音を立てて手拭で首筋をぬぐった。

「ご免なさんして。枝葉が触れませぬよう」

柘榴口《ざくろぐち》に女の声が立ち、いくらか太めの人影が映った。

「こっちも触れぬよう」

龍之助は周囲に声をかけ、早々に湯槽を出た。

女衆が四、五人、脱衣場にいた。そろそろ女客の増える時間帯だ。

(こんなこと、お上が決めることじゃねえぜ)

また胸中につぶやき、外に出た。

弥五郎と伊三次も一緒に出て、

「寄りなさるか」

「あゝ、そのつもりだ」

雪の日と違って、朝から街道も神明町の通りも人通りが多い。これで強い風でも吹けば、またきな粉餅になって湯屋へということになる。それほど湯屋は、江戸者の生活と一体なのだ。

「あらあ、旦那ア。あらあら親分さんに伊三次さんまで」

割烹・紅亭の玄関でお甲が迎え、

「御用の筋なら、左源の兄《あに》さんも呼んできましょうか」

と、そのまま外へ出た。

「へへ、あしたからの話ですかい。あっしもさっき湯に行って、町の人に嫌味を言われやしたぜ」

と、左源太もすぐに来て胡坐《あぐら》を組みながら言った。

お甲の部屋だ。座敷にはすでに客が入っており、午《ひる》が近づけば空いた部屋はなくなるだろう。

お甲もお茶を運んで来ると、そのまま座に加わった。お甲の部屋で龍之助が大松一家の者と談合するときは、上座も下座もなく。車座《くるまざ》になるのが慣《なら》わしとなっている。

そのほうが、お互いに話がしやすいのだ。

「ほんとうに、取締りなさるので？」

伊三次が仏具屋の隠居とおなじ問いをその場に投げた。弥五郎も湯屋では隠居をたしなめたものの、自分も確かめたいところなのだ。

「どうなので?」

伊三次のあとにつづけ、龍之助を凝視した。

龍之助は返した。

「仕方あるめえよ。それをおめえらに、おっと、取締るのじゃねえ。湯屋同士の取り決めが守られているかどうか、それだけ見てもらいてえ。最初のうちは、松平屋敷の足軽どもが、せっせと見まわりに来るだろうからなあ」

「だったら俺もよ、それでよござんすかい。こればっかりは、いくら兄イから岡っ引の手札《てふだ》をもらっているとはいえ、取締りの側にはまわりたくありやせんぜ。なあ、お甲よ」

左源太がいつも腰切半纏《こしきりばんてん》に三尺帯の職人姿ながら、腕の入墨《いれずみ》とともに鬼頭龍之助の岡っ引であることを町の者は知っている。おかげで湯屋の件に関しては、町の者から苦情も嫌味も言われている。

「それでよい。俺だって取締りたかねえからなあ。だがな、やってもらいたいことがある」

龍之助は、左源太とお甲、それに大松の弥五郎と伊三次を順に見まわした。このために龍之助は、奉行所へ寄らず直接微行のかたちで神明町に来たのだ。

一同を見まわしてからお甲の淹《い》れたお茶で口を湿らせ、龍之助はつづきを話しはじめた。

「おめえらもこれまで存分に見てきたように、世間さまに悪戯《わるさ》を仕掛け、ひと儲けしようとするやつらは、決まって新たな法度が出たときに動き出しやがる。隠売女のときも賭博のときも、すべてそうだった」

「そう。それも松平屋敷の人たちばかり」

引き取るように言ったのはお甲だった。左源太はもちろん、弥五郎も伊三次も大きく肯是《こうぜ》のうなずきを見せた。

実際に幾度も事件は起きた。そのつど龍之助は岡っ引の左源太とお甲ばかりか、弥五郎と伊三次、さらにその同業の貸元たちの合力で悪党を押さえ込み、秘かに始末もしてきた。

それらが松平屋敷の横目付や足軽たちであったのも、事実だった。ご政道のようすを他の者より早く、また詳しく知ることができるため、ついそれでひと儲けをと企む者が出ても不思議はない。謹厳実直でなる松平屋敷の家士とはいえ、人の子なのだ。

家中での締め付けが他藩より厳しいため、なおさら反発して悪事に走る者が出るのかもしれない。

「また松平のお人らが？　考えられやすが、こんどは湯屋の入込みの停止でございやしょう。それを逆手に取ってひと儲けなど、なにが考えられやすかい」

伊三次が言った。代貸をやっているだけあって、悪の手口はおよそ知っている。なるほど入込みの停止を逆手に取った儲け話など、にわかには思いつかない。のぞき穴をつくるのなどはあまりにも幼稚すぎて、悪党のすることではない。

「さあねえ、なにがあるかしら」

「そりゃあ悪戯をするやつらなんざ、常人の思わねえことを考えやがらあ。おもしれえ、そのほうに目を光らせろってえわけですかい」

お甲が首をかしげたのへ、左源太が乗り気になったようにつないだ。

「それをあっしらにも？」

「そういうことだ。増上寺門前の同業にも声をかけ、しばらく網を張っていてくんねえ。もちろん、女湯の刻限に男が入ろうが、男湯の時間帯に女が大勢で押し寄せようが、そんなのは放っておけ。要は松平の足軽どもが来たときだ。湯屋のほうを守ってやんな。探索は素人だった足軽どもも、近ごろはうまくなりやがって、ちょいと骨がいで立ちからひと目で見分けがついたのだが、いまでは姿を商人や職人に変え、見破ることはかなり困難になっている。

「それにしても鬼頭さま」

と、小柄で坊主頭の弥五郎が、鋭い目を龍之助に向けた。

「法度を逆手に取る輩《やから》を見つけ出すのはよござんすが、こんな禁令がいつまでもつづくとは思われやせんが。そこんところを旦那はいかようにお考えで？」

「そこよ。左源太もお甲も、それに伊三次もよく聞きねえ。もっともこれはあまり言いふらしてもらっちゃ困るが」

龍之助は前置きするように、また一同を見まわして言った。

「さっきも話したように、湯屋を取締るのじゃねえ。これは俺だけじゃねえ。北町も南町も、大方の与力も同心もそう思っておる。ということはだ、こんな法度はまともに相手にできねえってことさ。お上の触れ出した法度が町場で相手にされねえってことはだ、どうなるか考えてみろい」

「あっ、分かった」

折れるがなあ」

大松の弥五郎が言ったのへ、龍之助は返した。松平家の足軽たちは当初、お甲が口を入れた。

「お上のご威光が、すでに地に墜《お》ちている……と」

「ま、そうなるってことだ」

「それなら鬼頭さま。いまの松平さまのご政道は箍《たが》がゆるみ……」

精悍な顔立ちの伊三次がさらに真剣な表情を見せたが、役人である龍之助をまえに、そのさきはさすがに言いかねた。

だが一同には、伊三次の口をつぐんだ言葉がなんであるかは分かっている。龍之助も、それをにおわせた。

「そうさ。この入込みご停止の法度で、さきが見えてくるってわけさ」

「おもしれえ」

弥五郎が返したのへ伊三次もうなずき、左源太とお甲は目を輝かせた。

二

一夜明ければご法度施行の初日だ。

龍之助が定廻りの範囲とする神明町や浜松町、それに増上寺門前町などは、大江戸の縮図といえた。

日切りと刻切りが混在し、それにお客が町内の者がほとんどというのではなく、参詣客など一見《いちげん》の客が多いのも、入込みご停止の布令がどこまで浸透しているかを見定める格好の場と言えた。

カラスがカアでいつものように、

「さて、行くか」

手拭を肩に引っかけ、長屋の腰高障子《こしだかしょうじ》を開けようとした左源太は、

「おっと、きょうは」

つぶやき、手をとめた。

「――四ツ（およそ午前十時）すこし前に行きねえ」

きのう、龍之助から言われていたのだ。

神明町の湯では、四ツから八ツ（およそ午後二時）までを〝女湯〟にすると貼り紙を出している。刻切りの湯屋は、ほとんどがこの時刻を男湯と女湯の仕切り時としている。

「調子が狂っちまうぜ」

独り言《ひとりごと》ち、おもての仕事にしている神明宮名物の千木筥《ちぎばこ》（弁当箱）の薄板削りにか

かった。板を曲げられるように薄く削るのだが、左源太の手先はけっこう器用で評判がいい。

「おっと、もうそろそろか」

左源太は腰を上げ、手拭を肩に腰高障子を開けた。増上寺から四ツの鐘が聞こえるまでには、まだ小半刻《こはんとき》（およそ三十分）もあろうかといった時分だった。

湯屋の暖簾をくぐり、

「おう、どうでえ。守られているかい」

「まあ、なんとか。もともとこの時分は男ばかりでさあ。そろそろ女客も見えましょうかねえ。朝風呂に浸かってから神明さんにお参りという、四人連れのご新造《しんぞ》さんが見えましたが、風呂はお参りのあとということにしてもらいました」

あるじが応《こた》えたのへ、

「ほう、そうかい。お引き取り願えてよかったじゃねえかい。ともかく潮目《しおめ》のころまで浸からせてもらうぜ」

左源太は返し、女っ気のない脱衣場から湯気の立ち込める洗い場に入った。

「おっ、左源太さんじゃねえかい。いまごろ来たんじゃゆっくりできねえぜ。もうすぐ女衆がどっと」

町内の蕎麦屋《そば》のおやじが声をかけてきた。柘榴口《ざくろぐち》から出て来たばかりか、全身から湯気を立てている。

「おう。そのときゃあ、さっさと退散すらあ」

「けっ。この時分からじゃ、ゆっくり湯に浸かれねえ世になっちまったのかい」

左源太が応え、柘榴口に入ろうと身をかがめた背に聞こえてきた。町内の八百屋のせがれの声だ。左源太を岡っ引と知っての悪態のようだ。

左源太は身をかがめたままふり返り、

「ま、てめえでうまくやりくりしねえよ」

返し、

「へい、冷《ひ》え者《もん》でござんす。割り込ませてもらいやす」

湯槽に入り、首まで浸かった。

「ん？」

感じた。

いつもと違う。湯音ばかりで、人の声がない。

人が入っていないわけではない。湯音からも気配からも、七、八人は入っているのが感じられる。湯は熱いが、なにやら空気の冷たさを感じるのだ。

すぐに分かった。

「いま入《へえ》りなすったのは、左源太さんだねえ」

さっきの柘榴口での声を聞いていたのだろう。話しかけてきたのは、きのうここで龍之助に〝ほんとうに取締りなさるか〟と訊き、大松の弥五郎に〝野暮なことは〟とたしなめられた、仏具屋の隠居だった。

「へえ、さようで」

左源太が応えると、

「順に名乗りなせえ。わしの隣の人から」

隠居はうながし、それぞれが名乗った。一見《いちげん》の客はおらず、八百屋に小間物屋に炭屋と、客は左源太を入れて八人で、いずれも町内の顔見知りばかりだった。

湯槽に、ホッと安堵の空気がながれ、さきほど感じた冷たさは消えた。

仏具屋の隠居は、

「お役人でも、鬼頭の旦那とその手下《てか》のおめえさんは別だ」

前置きしてから話しはじめた。

「どこの町にも、みょうな噂がながれていてね」

見えないが、周囲がしきりにうなずいているのが分かる。

町方を監視するのに松平屋敷から人が出ているのは、すでに諸人《もろびと》の知るところとなっている。その者らが町人姿を扮《こしら》えて湯屋に出没し、町場の者がご政道非難をしていないか探っているというのだ。

「だからよ、湯屋でも髪結床《かみゆいどこ》でも、迂闊《うかつ》に世間話ができねえってことさ」

吐き捨てるように言ったのは、小間物屋のあるじだった。

「用心しなくっちゃなあ」

「えっ。やっぱりその噂、ほんとうなのかい」

岡っ引の左源太が言ったものだから、八百屋のおやじが問い返し、湯槽にまた緊張の糸が張られた。

そこへ二人ほど、柘榴口に身をかがめた影があった。男だ。湯槽の中の者は左源太も隠居も含め、一斉に柘榴口に視線を投げた。

町内では見かけない顔だった。

「おっ、ちょうどいい湯加減だ」

「だがよ、こんないい湯なのに、入ってもすぐ上がれじゃ酷《こく》だぜ」

男二人は言いながら湯音を立てはじめたが、中の者は口をつぐんでいる。二人は、単なる神明宮への参詣客かもしれない。松平の隠密だとしても、訊いてハイそうですなどと答えるはずはない。

湯槽にはぎこちない空気がながれた。一見《いちげん》の客なら、その変化にも気がつかないだろう。

もとから浸かっていた者は、

「おさきに」

と、つぎつぎと上がりはじめた。

左源太もそろそろと思ったとき、

「あれえ。まだいるよ、男どもが。きょうから刻切りだというのにさあ」

洗い場のほうから、これ見よがしの甲高《かんだか》い声が聞こえてきた。

「てやんでえ。もう刻限ってえわけじゃあるめえ。増上寺さんからまだ鐘は聞こえてこねえぜ」

「なにさ。もうすぐさね」

さっき出た炭屋の声に、女の声がつづいた。女衆が幾人か連れ立って来たようだ。

「ほら。ごらんな」

四ツを告げる増上寺の鐘だ。

「いけねえ」

——ザザザーッ
左源太は水音を立て、

「さあ、あんたらも」

入ったばかりの見知らぬ男二人に声をかけ、柘榴口に向かった。岡っ引が法度違背第一号になるわけにはいかない。

「まあまあ、お客さん。多少のずれは目をつむってくださいまし」

「さあ、炭屋さんも、急いで」

湯屋のあるじとおかみさんが、心配して洗い場に入って来た。

「左源太さんも。さあ、早う脱衣場へ」

おかみさんは言うと、柘榴口に顔を入れ、

「すいませんねえ。なにぶん、きょうからのものでして」

声を投げた。

左源太は湯槽から急いで脱衣場に出た。

「まったく、湯屋でものんびりできねえ。ますます息が詰まるぜ」

「仕方あるめえよ」

炭屋のおやじが言ったのへ、左源太は相槌を入れた。

午後の八ツどきには、お甲が湯屋に行った。

やはり、ひと悶着《もんちゃく》あった。

「おう、女ども。刻限だぜ」

「なに言ってるのさ。湯ぐらいゆっくり入らせなさいよ」

揉めるなかに、ここでも湯屋は夫婦で対応したそうな。

「ほんとに、ご苦労さんですねえ」

お甲はおかみさんにねぎらいの声をかけ、湯屋を出た。

感想は、

（ゆっくり湯に浸かれないなんて、お江戸がお江戸じゃなくなってしまいそう）

だった。

数日がたち、湯屋での悶着《もんちゃく》は、毎日の行事のようになった。

左源太やお甲から報告を受けた龍之助は、

「あはは。そのうち収まるだろうよ」

奉行所の同心溜りでも言ったものだった。

他の同心たちも、配下の岡っ引たちから似たような報告を受けている。

龍之助がふらりと神明町へ微行したのは、別件の些事《さじ》が重なり、入込みご停止が執行されてから一月《ひとつき》あまりを経た弥生《やよい》（三月）のなかばだった。

割烹《かっぽう》・紅亭のお甲の部屋に、またおなじ顔ぶれが集まり、そこへ龍之助の差配で増上寺本門前一丁目の貸元の矢八郎《やはちろう》こと一ノ矢《いちのや》と、その代貸の又左《まただ》が加わった。

神明町で喧嘩や揉め事が起これば、即座に大松一家の若い衆が走ってうまく収めているが、増上寺の門前町は広く幾人かの貸元が林立しており、本門前一丁目の一ノ矢が全体を代表し、取り仕切っている。

およそそうした無頼の徒は奉行所と対立するものだが、それらの連中を龍之助はうまく使いこなしている。実際、龍之助が朱房《しゅふさ》の十手を持ち、この一帯を定廻りの範囲とするまでは、他所の門前町と同様に、奉行所の同心がおいそれと入ることはできなかったのだ。

この一月あまりで、刻切りの潮目に男客と女客が口論からつかみ合いの喧嘩をおっぱじめそうになり、大松や一ノ矢の若い衆が駈けつけるという騒ぎが数回あったとの報告を、左源太から受けている。

「まったく、腰巻一枚の女と下帯《したおび》一本の男が向かい合って口角沫《こうかくあわ》を飛ばし、双方にまた似たような連中がやんややんやと後詰《ごづめ》につきやしてね。酔っ払いの喧嘩より始末に負えやせんや」

又左が苦りきった表情で言うのへ、伊三次は苦笑いを見せた。二人とも代貨として、おなじような場面に幾度か出くわしているのだ。

増上寺門前町では日切りにしているが、それでも女湯の日に男が来たり、男湯の日に女が来たりすることがよくあるようだ。

増上寺門前町では包丁人や飲み屋や一膳飯屋のおかみさんに、小料理屋の女将《おかみ》らがけっこう多い。

『十手が怖くって、この町で商《あきな》いができますかね』

といった類《たぐい》だ。もちろん神明町にも同類は多いが、増上寺はさらに多く、そこへ入込みご停止の法度を知らずに来る一見《いちげん》の参詣客もいる。増上寺も神明町も、他の町より揉め事は多いのだ。

「ほう。そんなときはどうしている」

「へえ、まあ。穏便にと、湯屋のあるじに言って、仲よう湯に浸かってもらっておりまさあ」

苦笑しながら訊く龍之助に、又左は言いにくそうに応えた。

一ノ矢はその呼び名のとおり、増上寺門前町の貸元衆の頂点に立つのにふさわしい貫禄があり、その代貸の又左も、神明町の伊三次と同様にひとくせありそうな精悍な風貌だ。それが照れたような態《てい》で話すのだから、座は緊迫というよりやわらいだ雰囲気になっていた。ただし、お甲も同座しているところから、決して卑猥《ひわい》な雰囲気ではない。むしろその逆で、この場の誰もが又左の言葉同様、世の潮目の変化を感じ取っている。

「ふむ」

車座のなかに龍之助はうなずきを入れ、

「刻切りの神明町はどうだい。やはり腰巻一枚と下帯一本の諍《いさか》いは、まだなくならねえのかい」

「へへ。なくなるどころか、毎日のことで一向に収まる気配はありやせんぜ。なあ、お甲に伊三兄《いさあに》イ」

左源太に顔を向けられ、お甲と伊三次は照れ笑いの態で、

「わたしも何度か見ましたよ。後詰なんぞはしませんが、これまで女と男が入込んでもなんとも思わなかったのが、みょうに刻限など切られたものだから、かえって意識

するようによりましたよう」

「だから諍いが起こるのでさあ。そのたびに喧嘩が大きくならねえようにと、あっしらが出なきゃなりやせん」

二人とも口にしているのは、ご政道非難である。

「なるほど、そうだろうなあ。で、どう収めているのだい」

「そりゃあ、遠くから参詣に来た人へ、刻切りですので帰《けえ》ってくだせえとは言えませんや。お隣の門前町が女湯のときには、女客ならそちらへと言えやすが、そうでない日はなだめるのにひと苦労でさあ」

「だから、どのように？」

伊三次は龍之助の問いに、

「そこはまあ、お隣とおなじで、番台のおやじに、目をつむってやれ、と」

言いにくそうに応えた。つまり町内の湯屋に、法度違背を勧めているのだ。

岡っ引の左源太もお甲も、さらに弥五郎と伊三次や一ノ矢に又左も、

「…………」

反応を待つように、龍之助の顔を見つめた。上座も下座もない車座とはいえ、龍之助のふところには朱房の十手が入っている。

龍之助は、考え込む風情になった。

奉行所の同心溜りでも、

「――まったく、困ったことで」

日常の挨拶に、それぞれがそっと言い、互いにうなずきを交わしている。町はどこでも、法度違背を大目に見ているのだ。

「あははは。おもしれえじゃねえか」

突然、龍之助は愉快そうに笑いだした。

「えっ、笑っていていいんですかい。旦那からなにか一言、お叱りを受けるかと思ってやしたのに」

「そう。あっしもで」

大松の弥五郎が言ったのへ、一ノ矢もうなずきを入れた。

「いいも悪いも、考えてみねえ」

龍之助は話した。

「町触からすでに一月《ひとつき》がたたあ。それでよ、まったく守られちゃいねえ。どこもここも、うまく切り抜けてやがる。それで大きな騒ぎにもならねえ。そこがおもしれえじゃねえか。幸橋御門内の殿さんのご政道も、そろそろ……」

同心の身で、さすがにそのさきは呑み込んだ。

だが一同には、龍之助が呑み込んだ言葉は先刻承知だ。

「いいんですかい。お奉行所の旦那がそんなことをおっしゃって」

又左が驚いたような声を入れた。無理もない。龍之助を話の分かる旦那とは思っていても、弥五郎や伊三次たちほど龍之助と深い付き合いはないのだ。

「だからよう、それで世の中がうまくいっているのなら。もっとも、湯屋もおめえらも煩《わずら》わしさは増えたようだがな。ま、こんな世がいつまでもつづくとは思わねえ。しばらく辛抱しねえ」

「へえ。旦那がそうおっしゃるなら」

一ノ矢が応じた。

だが、おかしい。

加勢充次郎配下の足軽たちが町場に出ているはずだ。二、三回でも一見《いちげん》の客を装《よそお》って湯に入れば、刻切りだの日切りだのと決まりは定めているものの、厳格に守られていないことは判るはずだ。ところが奉行は、

『柳営でお叱りを受けたぞ。おまえたち、何をやっているのか』

あるいは、

『法度が守られず、ご老中はご立腹だぞ』

などと湯屋の件に関し、与力や同心たちを叱咤《しった》することがまったくない。病的なほど潔癖《けっぺき》を好む松平定信にしては、あり得ないことだ。

（加勢どのに報告がないのか、あるいは報告を受けても握りつぶしているのか）

ならば、

（それはなぜ？）

結論は出ず、

「湯屋になあ、幸橋御門から足軽が出てきていねえかどうか、それとなく探りを入れてみねえ。なにか目に見えぬものが見えてくるかもしれねえぞ」

龍之助の言ったのへ、無頼の四人は首をかしげた。大松の弥五郎や一ノ矢たちは、面倒は増えたが町内に一揆のような騒動の起こる気配はなく、

（このまま推移してくれれば）

と、ホッと胸をなで下ろしているのだ。

「見えねえものとは、いってえ……」

「それを探るのさ」

一ノ矢の言ったのへ、龍之助は応えた。

三

「ぎくしゃくした諍《いさか》いは毎度のことで、なにが見えねえものなのか、伊三兄《いさあに》イや又左さんらがしきりに探りを入れてるようでやすが、見えるのは腰巻と下帯の言い争いばかりで、それが外にまで持ちこされやしてね。どうも湯屋のご法度以来、町そのものが殺伐《さつばつ》としてきたようで。あっしも探りを入れていいですかい」

八丁堀へ町のようすを知らせに来た左源太は言う。

「——おめえは探りを入れちゃいけねえ。おめえが入れりゃあ、職人姿とはいえ岡っ引が動いていると思われ、湯屋はただでさえ些事《さじ》に困惑しているのに、そのうえ奉行所の探りじゃ、まったく口をつぐんでしまうかもしれねえからなあ」

お甲の部屋で談合した日、弥五郎や一ノ矢が帰ったあと、左源太は龍之助に言われているのだ。

お甲にも、

「——おめえも聞き込みを入れたりするんじゃねえ。左源太以上にさりげなく、ようすを見るだけでいい」

龍之助は言った。あくまでもお甲は、当人のためにも隠れ岡っ引のままにしておきたいようだ。

お甲が割烹・紅亭の玄関で奉行所に戻る龍之助を見送ったとき、

「――だったら龍之助さまも、刻限の切れ目にまた来てくださいましねえ」

「――そ、そうだな」

いくらか甘えた声で言ったのへ、思わず龍之助はお甲から目をそらせた。腰巻や下帯どころか、お互い手拭一本で向かい合った場面を思い起こしたのだ。裸になるのがあたりまえの湯屋では、女のほうが度胸は据《す》わっているのかもしれない。

その後、龍之助は神明町の湯に浸かっていないが、四、五日おきに左源太が、八丁堀か奉行所へようすを知らせに来る。

内容はいつも変わりない。変わるところといえば〝町そのものが殺伐としてきた〟ことくらいで、それが時とともに薄れるのではなく、逆に広まり深まっているらしいのだ。

聞くたびに龍之助は、

(そこまでは予測できなかったなあ)

と、眉間《みけん》に皺《しわ》を寄せていた。

さらに一月《ひとつき》あまりが過ぎ、天気のよい昼間には夏の訪れを感じる卯月《うづき》（四月）のなかば過ぎだった。太陽が中天にかかるにはまだ間のある時分だった。

同心溜りで御留書《おとどめがき》の整理をしていた龍之助に門番が、

「鬼頭さま！　岡っ引の左源太さんがなにやら火急《かきゅう》のようだとか！」

廊下に大きな足音を立てた。

「なに！　火急？　いかような」

「分かりませぬ。ただ、息せき切って、急いでいるようすで」

「よし、分かった」

龍之助は御留書を閉じ、腰を上げた。

隣の文机《ふづくえ》の同輩が、

「ほう、そちらもですか。お互い、煩《わずら》わしいことですなあ、あの法度以来」

「まったくです」

声をかけたのへ龍之助は返し、部屋を出た。

その同輩の受け持つ日本橋室町《むろまち》界隈の湯屋で、刻切りにお構いなく洗い場に入った魚河岸の兄イに、鉄火場《てっかば》の女が嚙みつく事件が発生し、処理に困ったことがひとしきり同心溜りで話題になったことがある。

「――噛みついて傷を負わせた償《つぐな》いに、男が湯に浸かるのを黙認するということで話をつけたのですが、湯槽の中で男は女たちから罵声を浴びせられ、汗を流しただけですごすご引き揚げ、一件落着となりましてね」

「――なごやかな湯屋までそんなに……。まったく殺伐たる世の中になったものですなあ」

「――さよう、さよう。困ったものです」

その同心の話に、同輩らは笑うよりも真剣な表情で言ったものだった。

わざわざ左源太が息せき切って知らせに来るとは、

(似たような事件か！)

しかもそこが門前町とあっては、事態はどう発展するか分からない。

「おう、左源太。どうした！」

「あ、旦那！」

龍之助が待合の同心部屋に飛び込むと、左源太は腰を上げ、

(外へ)

仕草をする。部屋には、公事《くじ》や町内の揉め事などで同心を訪ねて来た者が四、五人、順番を待っている。

他人に聞かれてはまずいようだ。

「おう」

龍之助は外に出て、門番詰所の脇で左源太と立ち話のかたちになった。

「日切りも刻切りもそう厳格じゃねえこと、松平屋敷の加勢さまに伝わっていねえ原因が分かりやしたぜ」

「なに。詳しく話せ」

走って来たか額の汗を拭きながら言う左源太に、龍之助は声を落とした。

本門前一丁目の湯は、きょうは男湯の日だ。

一ノ矢の代貸の又左が、若い衆二人を連れ湯屋に行ったらしい。

番台のあるじが困惑したように、行商人風の客二人となにやら揉めていた。又左の顔を見るなり湯屋のあるじが、

「——あっ、代貸さん！　助けてくださいっ。この人らに脅されてっ」

又左たちは慣れている。町の無頼は、縄張内《しまうち》の住人を不逞《ふてい》な余所者から護るのも、大事な稼業の一つである。だから町の者から見《み》ケ〆料《かじめりょう》をとって、一家が喰っていけるのだ。繁華な門前町では、その仕組が顕著である。

つぎの瞬間、二人の若い衆が行商人風二人の背後にぴたりとつき、腰に匕首《あいくち》の切っ

先を当てていた。その早業は見事だった。不逞な酔っ払いを店から引きずり出し、飲み屋が暖簾を連ねる街では、迷惑をかけてもらっちゃ困りますぜ」

「――他のお客さんたちに、迷惑をかけてもらっちゃ困りますぜ」

と、町の外へ叩き出すのは日常茶飯事なのだ。

「――うっ」

と、動きを奪われた行商人風二人に又左は、

「――何を脅しなさっているのか、外で訊きやしょうかい。ちょいと来てくだせえ」

低声《こごえ》でいえば、行商人風たちはうなずかざるを得ない。脱衣場からは、男たちが番台で湯銭を払う順番を待っているくらいにしか見えないだろう。すでにこうなれば、行商人風二人は逃げることもできない。

外へ出たときには、一ノ矢の若い衆の数が増えている。すでにこうなれば、行商人風二人は逃げることもできない。

逆に毒づいた。

「――おめえら、俺たちにこんなことをして、あとで後悔するぞ！」

町の与太《よた》にそのような言葉は、逆効果でしかない。

「――なにぃ」

若い衆が匕首に力を入れた。切っ先が肌に触れる。

間に転がした。

「——痛《い》てててっ」

「——黙って来るんだ」

又左は凄《すご》みを利かせた。

行商人風二人を一ノ矢の住処《すみか》に連れて行き、あっというまに手足を縛って奥の板間に転がした。

「——お、おめえら。あとで後悔しても知らねえぞ」

二人はまだ毒づいている。

湯屋のあるじも、顔面蒼白になってついて来た。

一ノ矢が出てきて、行商人風二人を締め上げた。

なんとそやつらは、松平屋敷の足軽ではないか。一ノ矢も又左も驚き、ともかくあるじから事情を聞いた。

行商人姿の二人は番台のあるじに身分を明かし、

「——なにが日切りだ。女も入れているじゃねえか。見過ごしてやってもいいんだぜ」

と、来るたびに番台にいまある一文銭や四文銭をわしづかみにしてふところに入れていたという。これが単なる与太なら、即座に一ノ矢に駈け込み二度と来られないようにするところだが、松平屋敷の足軽では具合が悪い。おとなしく小銭を持って行かれるままにしていたところ、二人は増長したか、きょうは見逃し料に、

「——一朱出せ」

と、迫ったという。一朱といえば二百五十文で、おとな三十人分の湯銭を超える額だ。大工や左官、野菜や荒物の棒手振《ぼてふり》の一日分の稼ぎにも相当する。一度だけなら出しもしようか。しかし、一度だせば二度、三度と重なり、この地で〝湯入る〟の看板を出している限りつづき、額も増えることは目に見えている。

あるじは困惑し、押し問答をしているところへ又左が若い衆と一緒に来たので、思わず助けを求めたという次第だったらしい。

湯屋のあるじは一難切り抜けたものの、一ノ矢は足軽二人を手荒にあつかい、板の間に転がしている。足軽たちが毒づくように、この事態がどう進展するか知れたものではない。湯屋のあるじは顔面蒼白にもなろう。

一ノ矢にしてもおなじだった。このまま解き放しては、それこそどんな後難があるか知れない。

そこで頼りになるのは、鬼頭龍之助である。

すぐに若い衆を神明町に走らせ、大松の弥五郎に話をとおして左源太を呼び、事情

を話すと左源太も驚き、北町奉行所に走ったのであった。

一ノ矢も増上寺の門前に貸元の看板を張る男だ。相手が老中首座の配下だからといって腰が引けたのでは、あしたから門前の大通りをまともに歩けなくなる。もう、引っ込みがつかない。

龍之助を待つあいだも、

「――おめえら、この町に来て強請《ゆすり》たあ、いい度胸してやがるぜ」

と、なおも毒づく二人の手足を縛ったまま、板の間に転がしておいた。

「そうか。そやつら、一ノ矢が押さえているのだな」

「へい。大松の親分も心配して、いつでも談合ができるように、割烹の紅亭に一部屋取っておくと言っておりやした」

龍之助の足は奉行所を出て、外濠《そとぼり》城内の往還を幸橋御門に向かっている。左源太は職人姿で挟箱は担いでいない。だから組屋敷の下僕でもなければ、奉行所の小者や中間でもない。武家の作法とは無関係に、二本差しの同心と肩をならべて歩をとってもさしつかえない。だがやはり、武家地である。左源太は遠慮気味に一歩ななめうしろにつき、

「で、兄イ。どうケリをつけやす」

「どうつけるったって、おめえ。こいつは下手《へた》をすりゃあ、松平の侍が本門前一丁目に斬り込んで一ノ矢も又左も無礼討ちにされかねねえ。それだけじゃねえ。これがおもてになって、松平の殿さんに知れてみろい。これまでの湯屋のようすが全部ばれちまわあ。おそらく松平の足軽のほとんどが、そいつらと同じことをやっていやがるはずだ。松平屋敷も奉行所も江戸中の湯屋も、大騒ぎにならあ。結句は、湯屋を徹底して取締れってことになるのが目に見えらあ」

「だから一ノ矢の親分は、兄イにすぐ来てもらいてえ、と」

「まったく又左め。足軽の二人くらい、お得意の闇仕事でなんとかできなかったのかい。腹が立つぜ。ま、よく声をかけてくれた。おっと、松平屋敷だ」

二人の足は、松平屋敷の白壁にさしかかった。

「おめえ、ちょいと寄って加勢さんに……」

言って龍之助は瞬時迷ったが、事態はどう展開するか判断がつかない。

「事情を話し、ともかく甲州屋に来てくれ、と。それに甲州屋にはきょう一日、奥の座敷を使わせてもらいてえと話しておいてくれ」

「へい、合点《がってん》」

二人は松平屋敷の正面門の前で別れた。

左源太は、

「お頼み申しまするぅ」

松平屋敷の正面門を叩き、龍之助は幸橋御門に急いだ。

六尺棒を持った門番たちは、奉行所のある呉服橋御門とは違い、同心が足早に通り抜けるのを胡散臭《うさんくさ》そうに見ている。

大名小路に入っても歩をゆるめず、足首にまとわりつく着ながしの裾《すそ》がうっとうしい。日よけの笠はかぶっておらず、額に汗がにじみ出てくる。

四

足は宇田川町には入らず、愛宕下《あたごした》大名小路を経て、増上寺の学寮の裏手から神明宮の石段下に出た。そのほうが近道になる。

「旦那。たぶんここをお通りと思い、待っておりやした」

伊三次が鳥居《とりい》の陰から出て来た。

「おう、えれえことになったなあ。一ノ矢め、選《よ》りによって松平の足軽を縛り上げるたあ」

「へえ。それで大松《うち》の親分も心配して、いま本門前のほうへ行っておりやす。大門《だいもん》横の花霞《はながすみ》でさあ。旦那もそこへご案内しろと」

増上寺門前は、朱塗りの大きな大門が寺域と町場の境になり、そこから広場のような通りが東へ延び、東海道と交差している。その大通りの南手が増上寺の門前町で一ノ矢が仕切り、北側が神明町で大松の弥五郎の縄張になっている。境の大通りが広くて縄張が入り込んでいないから双方に揉め事もなく、互いに支え合って貸元の看板を守っている。

花霞は大門のすぐ横に暖簾を張っている料亭で、増上寺門前町の一等地であり、神明町の割烹・紅亭を上まわる格式がある。

龍之助は思いなおした。

事態の拡大を押さえられるのは、自分ではない。加勢充次郎なのだ。加勢の胸三寸で江戸中を揺るがす事態に発展するか、足軽の不始末として影響を最小限に喰いとめられるかが決まる。

それにはひと呼吸でも早い対応が必要だ。宇田川町の甲州屋では、遠くはないが相互の連絡に手間取る。いっそうのこと……、

「よし、伊三次。頼まれてくれ」

「へい。なにを」

「いますぐ宇田川町の献残屋、知っているか、甲州屋だ。そこへ松平家の加勢充次郎という足軽大番頭《おおばんがしら》が来なさる。俺からだと言って、花霞に案内してくれ」

「えぇ！　松平屋敷の!?」

伊三次らは龍之助と松平家の加勢充次郎との関わりを知らない。まして加勢が龍之助に〝田沼意次の隠し子〟の探索を依頼していることなど、微塵《みじん》も知らないことである。知っているのは左源太とお甲だけだ。

「さあ、急げ。案内には左源太がついているかもしれんから、会えば予定変更と言っておいてくれ」

「えっ。旦那を呼びに行った左源太さん、いま松平家に？　分かりやした。ともかく行ってめえりやす」

伊三次は走った。

龍之助も急いだ。

神明町の町場を南へ抜ければ大門の大通りだ。大道芸人や屋台の食べ物屋に物売りが出て、盛んに参詣人やそぞろ歩きの武士や町人、ご新造《しんぞ》や娘たちに呼び込みの声をかけている。

「おっと、ご免よ」

「これはお奉行所の旦那」

八丁堀姿に町衆は道を開けてくれる。

だが、急ぐあまり走るわけにはいかない。八丁堀が走れば、スワ事件！　と、一緒に走りだす野次馬がうしろにつながることになる。

花霞の玄関に入ると、

「ささ、こちらへ」

女将が案内に立って奥の部屋に通した。

「旦那！　待っておりやした」

と、部屋には一ノ矢と又左が待っており、それに大松の弥五郎も来ていた。いずれも深刻な表情になっている。三人とも立ち上がって龍之助を迎えた。

「で、足軽どもはいまどのように」

龍之助も立ったまま訊いた。

「縛り上げ、板の間に放り込んでおりやす」

「やつら、いまに見ていろ、後悔するぞぉ、と」

部屋の中での立ち話だ。貸元の一ノ矢が言ったのへ代貸の又左がつなぎ、龍之助は応じ、

「喚《わめ》いているのか」

「よし。俺が行っておとなしくさせてやろう」

「お願《ねげ》えいたしやす。こちらで」

そのまま部屋を出て、又左の案内で一ノ矢の住処《すみか》へ向かった。

裏手の勝手口から出れば、花霞とは背中合わせといえるほど一ノ矢の住処は近い。

板の間は、おもてには声の聞こえない、裏庭の一角の物置部屋だった。板の間といえば聞こえはいいが、町で不逞《ふてい》の輩《やから》や酔っ払いを押さえ、そこに一時留め置くのはよくあることだ。龍之助は以前にも一度のぞいたことがある。なるほど牢屋ではないが頑丈な造作になっている。大松の住処にも似たような板の間はある。

部屋の前に若い衆が二人、見張りについていた。

聞こえてくる。

「町人の分際で、なんてことをしやがるうっ。あとでてめえら、ぶっ殺してやるぞ」

中からの喚き声を背に、

「あっ、兄イ。それに旦那も来てくださいやしたか」

「もう、うるさくって。このとおりでさあ」

若い衆は入口を指さした。

「どれ」

龍之助は板戸を開け、ふところの十手を取り出し中に入った。

手足を縛られ、床に転がされている。

上体を起こすことはできるようだ。

町方が来たのへ行商人風の二人は驚いたようすになり、

「な、なんなんでえ。おめえ、町方じゃねえか」

「さあ、この縄をほどけ。さもなくば」

「さもなくば？」

龍之助は言いながら、二人の前にしゃがみ込んだ。

「おめえを役務怠慢で、屋敷に報告するぞっ」

足軽の一人が言うなり、

――バシッ
「ぎえっ」

激しく肉片を打つ音に悲鳴を上げた。

龍之助の十手が思いきり足軽の首筋を打ったのだ。

「な、なにしやがる！　ただじゃすまねえぞっ。うぐっ」

もう一人の足軽も、悪態と同時にうめき声を上げた。

二人とも首筋がみるみる腫れ上がり、

「うううっ」

曲がった首が元に戻らないほど、痛みをこらえている。

「おめえら、町の大番屋に引っぱってやろうか。それともこのまま松平の屋敷に引き渡そうか。え、どっちをとってもおめえらにゃ地獄だぜ」

——カツン
十手の骨を打つ音が二度つづいた。頭を打ち据えたのだ。

「ううう」

十手は鋼鉄でできている。相当こたえたようだ。

手足を縛っても、腫物《はれもの》にでもさわるように扱っていた無頼の者とは違い、端《はな》から高飛車に出る町方に恐れをなしたか、

「き、きさま。お、俺たちをどうしようってんだ」

「どうするか、それはおめえらしだいだ」

その場で龍之助は取り調べに入った。

本門前一丁目をはじめ、二丁目、三丁目と、四、五人の湯屋のあるじがその場に呼ばれた。なかには一朱金二枚を取られたあるじもいた。むろんその場で、龍之助は返させた。

「俺たちだけじゃねえぜ。同輩はみんなやってらあ」

足軽二人は町方に引かれるのを免れようと、湯屋のあるじたちを前に、それらに対するこれまでの小遣い稼ぎを話し、

「さあ、これで全部話したぜ。縄を解きやがれ。うぐっ」

龍之助の十手がまた足軽一人の頭を打った。

そこへ、

「旦那、どういうことですかい」

声と同時に板戸が開き、左源太が一ノ矢の若い衆と一緒に入って来た。板の間に転がっている行商人風の足軽二人を一瞥《いちべつ》し、

「へへ。こいつら放逐だけじゃすみそうにありやせんぜ。伊三兄イに言われ、岩太と一緒に加勢さんをお連れいたしやした」

「えっ、加勢！　まさか」

「加勢充次郎さま⁉」

足軽二人が仰天したような声を上げたのへ左源太は、アッと口を押さえ、

「ともかく旦那、伊三兄イに言われたところへ」

「おう、ご苦労だった」

龍之助は言うと足軽二人に視線を戻し、

「どうやらおめえら二人、俺の手を離れてお屋敷で裁きを受けそうだな。加勢どのにおめえらの行状、詳しく話しておくぜ」

かがめていた腰を上げ、

「さあ、行こうか」

左源太をうながした。

「ま、待ってくれ。あんた、町方だろう。それがどうして屋敷《うち》の大番頭さまに⁉」

一人が言えば、もう一人も、

「知っていなさるのなら、言っておいてくれ、頼む！　小遣い稼ぎは俺たちだけじゃねえ。屋敷のみんななんだ！」

「見苦しいぜ」

十手を手にしたまま龍之助はふり返った。

「ううう」

二人は手足を縛られ、尻餅をついたように座った状態であとずさりをした。また打ち据えられると思ったのだろう。

外に出て板戸を閉めた。

「なあ、頼むっ」

「俺たちだけじゃねえ！」

聞こえてきた。足軽といえど、殿さんの松平定信が病的なほど潔癖症であることを知っているようだ。

五

「鬼頭どのとは長いつき合いでのう。いや、当家の不逞な足軽の身柄を押さえてくれたこと、おまえたちにも礼を言うぞ」

と、加勢充次郎は案内された花霞の奥の座敷で、一ノ矢と大松の弥五郎に言っていた。事情を左源太と伊三次から聞いた加勢は、すでに事件の処理方を脳裡に算段しているようだ。

(鬼頭どのなら、きっと乗ってくれるはず)

加勢は踏んでいる。

武士と町の無頼ならちぐはぐで緊張もあろうが、初対面でも鬼頭龍之助と昵懇《じっこん》という共通点があれば、双方ともに腹の探り合いをすることもなかった。

伊三次が宇田川町の甲州屋に着いたのは、ちょうど暖簾から左源太が出てきたところだった。伊三次は事情を話し、一緒に甲州屋で加勢とお供の岩太を待ち、本門前一丁目での出来事《しゅったいじ》を話してから花霞にいざなったのだ。

(ほう、なるほどどのう。鬼頭どのは、こうした輩《やから》も掌中《しょうちゅう》に置いてなさったか)

加勢は坊主頭の弥五郎と貫禄のある一ノ矢を値踏みしながら思えば、

(さすがはあの旦那、松平家とこんなつながりを持っていなさったのか)

と、一ノ矢もまた、歴とした武士である加勢充次郎を見つめ、以前から加勢の存在を知っていた弥五郎も、

(このお方か、松平の家中で市井《しせい》に通じているというのは。それで鬼頭の旦那とつながっていたのか)

と、いくらかの好意を覚え、加勢を見つめている。

「いやあ加勢どの。こんなところにまでご足労を願い、痛み入ります。なにぶん緊急

のことでございましてなあ」

と、龍之助が部屋に戻ると、座はさらになごやかなものとなった。

だが、加勢を迎えては車座というわけにはいかない。自然、加勢が上座に座し、それと向かい合うように二人ならんで端座していた一ノ矢と弥五郎はそのまま左右に腰をずらせ、龍之助は加勢と向かい合うように胡坐居《あぐらい》に座した。又左と伊三次は、それぞれの貸元の斜めうしろに端座の姿勢をとった。

老中首座の松平家家臣と奉行所の同心、それに町場の無頼の貸元たちといった、奇妙な組み合わせである。

武家の作法なら中間の岩太は外で待たねばならないところ、左源太の口利きで別部屋に通され、甲州屋とおなじような待遇を受け、いま左源太とお茶を飲みながら談笑している。

「さっそくだが鬼頭どの。それに矢八郎と弥五郎であったのう」

と、加勢は急ぐように切り出した。

当然ながら、中間二人の身柄を、

「引き渡してもらいたい」

と、言ったのである。

もとより龍之助も一ノ矢や弥五郎たちもそのつもりであり、目的は、

(江戸中の湯屋に、老中の新たな手が入るのを防ぐ)

ところにある。とくに一ノ矢は、松平家の報復が気になる。

引き渡したあと、

(松平家は、二人の足軽をいかに処断するか)

知りたいところだが、加勢は訊いても応えないだろう。龍之助ならともかく、町の無頼ごときに天下の松平家が家臣の処断を訊かれ、ましてなんらかの約束などするはずがない。

だが知りたい。

「引き渡すのはやぶさかではないが……」

龍之助は切り出した。

足軽二人の湯屋への恐喝が日常的であったことと、

「——俺たちだけじゃねえ。屋敷のみんななんだ」

足軽が語ったことも合わせて語った。

それは一の矢の若い衆も聞いている。

『このご時世に、ご本家の松平家が最も乱れてござる』

噂は増上寺の本門前一丁目からたちまち近辺の町々にながれ、あしたには江戸中に広まるだろう。さらに尾ひれがついて武家地にもながれ、柳営にもながれ込むことは火を見るより明らかだ。そこに加勢が気づかないはずはない。

加勢は返した。

「かかる町々での行状、先刻承知でござる」

「えっ」

龍之助は予測していたが、弥五郎や一ノ矢は驚いた。

「それでは加勢さまは、見過ごしておいでだったのでございますかい」

思わず言ったのは、代貸の又左だった。この場の誰もが知りたいところだ。龍之助も例外ではない。

加勢は言った。

「それゆえにだ」

「ふむ」

龍之助はうなずいた。

苦渋を刷いた加勢の表情に、

（あるじの定信に報告するためにも、相応の処断をし、事態を収めるだろう）

解したのだ。

一ノ矢も弥五郎も同様だった。

話は、引き渡し方法に進んだ。

奉行所のお尋ね者でも、そこが門前町なら、同心が捕方を連れ直接踏み込むことはない。土地の代貸が引っ捕らえ、それを町の外で役人に引き渡す。武家屋敷での門前《もんぜん》捕《ど》りと似ている。

盗賊が武家屋敷に逃げ込めば、町方は屋敷内に踏み込めない。代わりに屋敷の武士団が盗賊を捕らえ、それを役人は屋敷の門前で受け取る。町奉行所の、武家屋敷に対する作法である。

それを一ノ矢は要求した。

「町場には町場の作法がございましてな」

「ふむ」

龍之助が言ったのへ加勢はうなずき、

「承知」

応えた。

相互に我《が》を張る一幕もなかったのは、やはり龍之助がいたからであろう。

太陽はすでに中天にかかっている。

部屋に中食《ちゅうじき》の膳が運ばれ、座はなごやかな雰囲気となった。

終わったころ、岩太が部屋に呼ばれた。女将のはからいで、別部屋でおなじ膳を左源太とつついていたのだ。

廊下に座した岩太は加勢からなにやら命じられ、そのまま幸橋御門に走った。

「鬼頭どのも、こうした門前町を定廻りの範囲に持っておいでとは、気苦労が絶えぬことでしょうなあ」

「いやいや。町の者とは互いに合力しおうておりましてな」

「それはようござる」

「さすがに加勢どのも、思うたより町場に精通しておいでのようで」

しばらく談笑がつづき、

「そろそろかのう。矢八郎は通り名を一ノ矢と申すか。それでは一ノ矢、頼むぞ」

「はっ」

加勢に言われたのへ一ノ矢は応じ、又左を住処に走らせた。

龍之助と左源太、それに加勢充次郎の三人は玄関から大通りに出て街道のほうへ向かった。

一ノ矢たちの貸元一行は、裏手の勝手口から出た。弥五郎と伊三次は顚末《てんまつ》の見届け人である。

板の間の足軽二人は縄目を解かれ、おもてに引きずり出された。二人はさきほどの町方がいないことを、手前味噌に解釈したか、

「へん、どうでえ。おめえら、ようやく分かったようだなあ。さっきの町方め、加勢さまの名を出していやがったが、結句はわしらを解き放さざるを得なくなったってことだぜ。え、おめえら」

「これですむなと思うなよ。おめえらもさっきの町方野郎も、このままじゃおかねえからな」

一ノ矢の若い衆に毒づいた。

「ここで御託《ごたく》をならべても始まらねえぜ。さあ、街道まで送って差し上げやしょう。歩きねえ」

「な、なにしやがる」

又左が足軽二人の背を小突《こづ》くように押した。足軽はまた居丈高になろうとしたが、

「歩かねえかい」

一ノ矢が凄《すご》みのある声をかぶせ、さらにまわりをひと目で遊び人と分かる若い衆に

囲まれていては、従わざるを得ない。

ふたたび背を小突かれ、大通りに出た。若い衆に囲まれているため、走って参詣人や物売りたちのなかへ逃げ込むことはできない。そのように若い衆らは配置についている。足軽といっても行商人風を扮《こしら》えているため、はた目には与太の一群が歩いているようにしか見えない。だが、見慣れた者には、

(またお貸元が、不逞の輩を町から放逐しなさるか)

思うことであろう。街道まで〝護送〟すると、そこはもう門前町の貸元たちの縄張《しま》ではない。そこで、

「――二度とこの町へ来るんじゃねえぞ」

と、放逐する。どこの門前町でもよく見かける光景だ。加勢充次郎は、そうした町場の作法をすんなりと受け入れたことになる。武家が相手の場合、こうもあっさりと進むものではない。それはやはり、龍之助があいだにいたことはもとより、加勢にもなにがしかの算段があってのことであろう。

大松の弥五郎がつきそっているのは、本門前一丁目界隈が一ノ矢の縄張であることを認め、町を仕切る役務を慥《しか》と果たしていることを見届ける、いわば縄張が隣接する貸元同士の〝儀式〟である。もし新参の者が勝手にその町を仕切ろうとしたなら、た

ちまち周囲の貸元衆から寄ってたかって叩き潰されることになるだろう。

六

一行は素人衆の気づかない緊張とともに、龍之助と加勢たちのあとを追うように街道へ向かった。

大通りと街道の交差するあたりが、街道の往来人と増上寺の参詣人や広場の商人らの混じり合う地点であり、この界隈で最も人の出の多い一画となっている。

そこに中間姿の岩太がいた。

岩太は、刀は大小二本だが羽織・袴ではなく、膝までの腰切《こしきり》の着物に足には脚絆《きゃはん》を巻き、木綿の長羽織を着《つ》けている、一見下級武士と分かる十人ほどの一群と一緒だった。松平家の足軽衆だ。その一群はなぜか、二台の大八車を牽《ひ》いていた。莚《むしろ》が載っている。その一群をこの地に呼ぶよう、岩太は加勢から命じられ、屋敷へ走り戻ったのだった。

足軽の一群と大八車が二台、けっこう目立つ。そこに加勢充次郎と龍之助、左源太も加われば、さらに人目を引く。

「さようなものを用意されずとも、あの二人には歩かせればよろしかろうに」

「いや。当方もけじめをつけねばならぬゆえ」

龍之助が言ったのへ、加勢は返した。

「はて？」

龍之助は首をかしげた。岩太も足軽衆も、ただ命じられたままを用意したのだ。その用途までは知らされていない。

不逞を働いた同輩二名が町場に拘束されていることを、駆り出された足軽たちは岩太から聞いているのだろう。

「――唐丸籠《とうまるかご》など、屋敷にはないからなあ」

「――どの組のやつだ、ドジを踏みやがったのは」

かれらは秘かに話していた。

「おっ、来たぜ」

「ほっ、あいつらか。俺たちの組じゃねえなあ」

足軽衆は一斉に、近づいてくる遊び人の一群に目を向けた。

一ノ矢と弥五郎が先頭に立っている。

「おっ、さっきの町方。あんなとこにいやがるぜ」

「おぉ。加勢さまもご一緒だ」

「これは大番頭さま。お手数をおかけし、もうしわけございませぬ」

「おう、みんなも来てくれたかい。この町のやつらとその町方よ、許せねえぜ」

行商人扮《ごしら》えの足軽二人は、大番頭と多数の同輩たちに気づくなり走り出て、勢いを得たように言う。

その首根っ子を、一ノ矢が背後から両手でつかまえ、

「な、なにしやがる」

二人が抗《あらが》うのを無視し、

「さあ。作法どおり、ここでお奉行所の旦那に引き渡しやすぜ」

龍之助の前にぐいと押し出した。

「よし、一ノ矢の矢八郎。慥《しか》と受け取った」

言うなり龍之助は、

──バシ、バシ
二人の額を十手で打ち据えた。松平家に引き渡すまえの、せめて町方として最後の仕置きのつもりか……。

「ううっ」

打たれた行商人姿の二人は、いきなりの状況変化と痛さで声も出なかった。

駆り出された足軽衆も、

「おぉお」

驚きとともに一歩退き、緊張の態になって身構えた。

場所は人通りの多い天下の往来である。何事かと往来人の男も女も足をとめ、たちまち野次馬が集まった。

それら衆目のなかで龍之助は二人の肩をつかみ、

「加勢どの！　慥とお引き渡しもうすっ」

「おう。受け取りもうした！」

周囲の耳目《じもく》を引く大音声《だいおんじょう》だった。加勢は叫ぶなり腰を落とし、突き出された行商人姿の足軽一人に抜き打ちの一太刀を浴びせ、返す刀を大上段に振り下ろした。

――ズシッ
もう一人が肩から胸にかけ血潮を噴き、うしろへのけぞるようにぶっ倒れた。

「うむっ」

龍之助は一歩跳び下がり瞠目《どうもく》した。初めて見る加勢の剣技だった。

両名とも即死である。

「おおぉぉぉぉ」

すでに人垣となっていた野次馬たちは、どよめきとともに二歩も三歩も退き、飛び散った血潮を受けた者もいた。

「ひーっ」

跳び下がったのは龍之助だけではない。

「な、なんと！」

「こ、これは！」

駆り出された足軽衆も弥五郎、一ノ矢たちも同様だった。いずれもがまったく予期していなかった、加勢充次郎の仕置きだった。

さらに大音声が街道に響いた。

「それがしは松平家の足軽大番頭、加勢充次郎と申す者でござーる。街道を汚して相済まぬ。この両名は町場の者に変装しおれど、当家の足軽なれば町なかにて不正を働きたる段、許しがたく、武門の者として町方より身柄を引き取り、この場にて成敗いたしたーっ」

「おぉお！」

街道から得心《とくしん》の声が上がった。

剣技といい、初めて見る加勢の気迫に龍之助は呑まれた。周囲の目は、一見八丁堀と分かる龍之助に向けられた。むろん、駆り出された足軽たちもである。

龍之助は一歩前に進み出た。

「いまの松平家、加勢充次郎どのの口上に、一切相違はござらぬーっ」

奉行所同心の証言に、街道はふたたびどよめいた。

自分たちも身に覚えがあるのか、顔面蒼白となっている足軽たちに加勢は命じた。

「さあ、二人の死体を屋敷へ」

大八車はこのためだった。


「驚きやした」

「まったくで」

又左が言ったのへ、伊三次がつないだ。

街道に流れた血の始末などを若い衆に任せ、一同は花霞に引き揚げ、いくらかは落ち着いている。仰天した龍之助も、ようやく平常心に戻っていた。

「鮮《あざ》やかな裁きでしたぜ、あのお侍。この江戸で松平屋敷が最も箍《たが》が緩《ゆる》んでいるってえ噂など、これじゃ吹き飛んでしまいやすぜ」

「なるほど、みずからにも厳しいってことを見せつけやしたかねえ。天下の街道に、本物の血潮を散らせたのでやすからねえ」

一ノ矢が言ったのへ、大松の弥五郎がつないだ。

左源太などは、

「あの早業、だっちもござんせん。除《よ》けようもござんせんでした」

と、まだ興奮状態だ。抜き打ちのすぐそばにいて、顔から腰切半纏の襟《えり》に血潮を受け、裏手の水汲み場で洗ってきたばかりだ。

廊下にすり足の音が聞こえ、

「まだ皆さん、こちらとお聞きしましたものですから」

声とともに襖《ふすま》が開いた。

お甲だ。

「神明町の紅亭にいましたら、不意におもてが騒がしくなり、出てみると、街道に死体の行列が通るぞって声が聞こえましてね」

話しながら下座に端座し、

「それで街道に走ると、死体の行列じゃなくて大八車が二台、かぶせた莚から足が見えました。先頭に加勢さまと中間姿の岩太さんが……。驚いて現場からついて来たというお人に聞いたら、加勢さまがお断りになったと。もしや一ノ矢の親分に関わりのことではと、急いでこちらへ……」

「そのとおりだぜ、お甲」

「やっぱり」

「現場からついて行った人ってえ、大勢いたのかい」

龍之助が応え、左源太が問いを入れた。

「えゝ、そりゃあもう。現場からだけじゃなく、道行くお人らのあいだからも、どこのお屋敷だ……と、あとにつづく人がつぎからつぎへと」

「野次馬たちゃあ、どんな話をしておりやした」

又左が訊いた。

「言っていました。松平さまのお屋敷だと加勢さまが名乗りなすったとか。いまごろはもう、噂は街道を走って日本橋にもとどいていると思いますよ」

「うーむ」

一同はあらためて、加勢充次郎の決断と早業に感嘆のうめきを洩らした。

江戸城外濠《そとぼり》の幸橋御門でも、松平屋敷の足軽大番頭が大勢の野次馬を引き連れて帰って来たことに驚き、さらに大八車の〝荷〟を見て仰天した。

「当家の者が町場で不始末を犯したゆえ、成敗いたし……」

ここでも加勢充次郎は大きな声で口上を述べ、

「では、通る」

——ガラガラガラ

御門内の松平屋敷に向かった。

野次馬の町人たちも六尺棒の番卒の制止を押し返し、大八車のあとにつづいた。日の出から日の入りまで、外濠の御門は浪人者と胡散臭そうな者以外は勝手往来となっている。野次馬たちは死体が松平屋敷へ入るのを慥《しか》と確かめ、六尺棒の番卒たちは茫然とそれを見つめていた。噂は東海道どころか、きょう中にも江戸城内をくまなく走ることだろう。

松平屋敷には衝撃が走った。足軽大番頭という要職にある者が、配下の足軽二名を町場で成敗したのだ。

加勢充次郎は中奥の一室で、次席家老の犬垣伝左衛門に顚末を話した。

「配下の足軽二名、町場での不始末により町方に大番屋へ引かれようとしたのを引き取り、その場で成敗いたしました」

「ふむ」

犬垣はうなずき、さっそく藩主の定信に報告した。

定信は、お城から戻ったばかりだった。

「ほーう。加勢は、泣いて馬謖《ばしょく》を斬りたるか。ふむ。それでこそわが家臣」

漢籍に詳しい定信は、うっとりとするような表情になった。


すでに夕暮れ近くになっている。北町奉行所の同心溜りで、龍之助はきょう一日の報告を御留書《おとどめがき》に記しながら、ふと筆をとめた。

(加勢充次郎どの……なんと忠義の士よ)

思えてきた。

同時に、その加勢充次郎が松平定信から、直々《じきじき》に〝田沼意次の隠し子〟の探索を命じられていることに、ゾッとするものを感じ、背筋をぶるると震わせた。

三　嘘も方便

一

翌日には街道や外濠《そとぼり》城内を問わず、

「増上寺門前の街道でよ、人の首がくるくる舞ったというぞ」

「さすがは松平さまじゃ。お身内にも存分の処断をなさる」

噂は江戸市中から武家地、幕閣へと広がっていた。

陽がまだ西の空に高い時分だった。鬼頭龍之助は柳営から戻って来た奉行の曲淵《まがりぶち》甲斐守《かいのかみ》から部屋に呼ばれた。

奉行に言われ、龍之助に声をかけたのは与力の平野準一郎だ。奉行の登城にはいつも付き添っている。

奉行の部屋へ行く前に、与力部屋で龍之助は平野と文机を挟み、胡坐居《あぐらい》に腰を下ろした。

「お奉行はけさ早くに、おまえの御留書《おとどめがき》をお読みなされてな。いやあ、城内でもえらい評判だった。なかには首を打たれたのは五人とも六人とも」

「二人でしたが。それも足軽大番頭《おおばんがしら》の加勢《かせ》どのは、首を打ったわけでは……」

「分かっているさ、おめえの御留書でなあ。俺もきょう一日、柳営でお大名のご家来衆から、実際のところはどうなのだと幾度も訊かれ、おめえの御留書のとおりに応えておいたわさ」

「それはよろしゅうございました。御留書には、虚偽も誇張もありませんから」

「分かっておる。だがな、柳営じゃ足軽の首が幾人飛んだか、数はどうでもいいことだ。肝心なのは、藩の上役が下役の不始末を隠蔽《いんぺい》することなく、憖《しか》と処断したということさ」

「あのとき、すでに事態は隠蔽できる状態では……」

「だから松平家の加勢充次郎なる人物、機転の利く人物だとお奉行は申されてな。そこんとこをおめえに詳しくお聞きになりたいとのことだ。さあ」

平野与力は龍之助をうながした。

奉行の前では、与力部屋で平野と話すのとは違い、胡坐になるわけにはいかない。端座で向かい合い、平野も端座の姿勢をとった。

「いつもこめかみに青筋を立てていなさる松平さまじゃが、きょうはすこぶるご機嫌でのう。ほれ、きのうおまえが処理した一件じゃ。松平家の足軽を大番屋に引かず、うまく向こうに引き渡してくれた。大番屋に引いてから松平家に持って行かれたのでは、奉行所の面目丸つぶれになるところだった。わしからも礼を言うぞ」

「滅相《めっそう》もございませぬ」

龍之助は恐縮の態《てい》になった。奉行の曲淵甲斐守は、町場で町人である湯屋に悪戯《わるさ》を働いた足軽をさらりと松平家に引き渡したことを、咎《とが》めるよりもかえって評価している。奉行所が松平定信とひと悶着起こすのを、龍之助はうまく防いだことになる。

「いえ、あれは」

言いかけた言葉を呑み込んだ。龍之助にすれば、奉行所のためなどではない。一ノ矢が松平家に押しつぶされるのを防ぐために、加勢充次郎とつなぎを取ったのだ。

奉行は苦笑しながら、

「ともかくご老中は、わが松平家には今太閤《いまたいこう》ならず今孔明《いまこうめい》がいると、柳営でしきりに自慢なされてのう」

加勢充次郎のことだ。

唐土《もろこし》は三国時代の蜀《しょく》の故事である。丞相《じょうしょう》の諸葛亮《しょかつりょう》（字《あざな》を孔明《こうめい》）は、目をかけていた武将の馬謖《ばしょく》が軍紀違反を犯し、戦略を誤って魏《ぎ》軍に大敗を喫した。諸葛孔明は迷った末、軍紀を優先し、涙を呑んで馬謖を斬罪に処した。

「あははは、お奉行。町場で湯屋のあるじから、一朱金を脅し取ろうとした足軽二人が馬謖で、加勢充次郎なる家臣が諸葛孔明でございますか」

「ちと大げさかと」

平野与力が嗤《わら》いながら言ったのへ、龍之助もつないだ。

だが奉行は、

「ちとどころか、次元が異なるわ。したが、その足軽大番頭が演じた派手な活劇によって、衆目はそのほうに向いてしまい、お家の恥を称賛にすり替えてしもうた。そこを見れば、加勢なる足軽大番頭は、松平家にとってはまさしく忠臣じゃ」

「はっ。まさに、さようでございます」

龍之助は真剣な表情で返した。

「したがのう」

と、奉行もまじめな顔になり、声を落とした。

「なまじ探索素人の軽輩どもを、われら町奉行所の監視役に据えておるものゆえ、かえってそやつらが悪戯をなし、あまりにものご停止《ちょうじ》に松平屋敷が最も乱れていることはのう、近ごろでは柳営でも広く知られはじめておる。やがてそれが噴出し……ま、それは言うまい」

奉行はひと息入れ、

「こたびの処断で、松平家の足軽どもは暫時《ざんじ》おとなしくなろう。じゃがな、これはおまえたちが一番よく知っておろう。一度甘い汁を覚えた者は、風が過ぎればまた蠢《うごめ》きだすことを……」

「御意《ぎょい》」

「はっ」

平野与力が応じ、龍之助も肯是《こうぜ》の声を入れた。

「そこでじゃ、松平家の足軽どもめ、おなじ手は使うまいが、また蠢きはじめるのを厳重に見張るのじゃ。よいか、見過ごせばそれだけ世に悪をはびこらせ、江戸庶民の生活《たつき》を脅《おびや》かすことになる。そこを平野、同心たちに徹底しておけ。同心のなかで最も市井《しせい》に通じているのは、どうやら鬼頭のようだのう。向後も松平家中の者に不正があれば、大番屋に引かなくてもよいから、こたびのようにおもてに曝《さら》す算段を講じるのじゃ、よいな。土地《ところ》の無頼まで動員しての、あのような芸当はおまえにしかできぬゆえなあ」

「ははーっ」

龍之助は恐縮するように、畳に両手をついた。

そのうえで奉行は、湯屋の入込みご停止の法度がかなり柔軟に施行されていることを聴取し、最後に言った。

「それでよい、それで」

平野と龍之助は奉行の前を辞した。

すでに陽は西の空に低くなっていた。

廊下での立ち話になった。

「まったく北町のお奉行が、甲斐守さまのようなお方でよかった。もし松平定信さまのようなお人が町奉行になられたなら、とっくに町一揆が起こっているだろうよ」

「まったくで」

「ふふふ。それにしてもおめえの顔が広いのは、町場だけじゃねえようだ。よく松平家の足軽大番頭と昵懇《じっこん》であってくれたものよ」

「そりゃあまあ、いつの間にかそうなりまして」

龍之助は曖昧《あいまい》に応えたが、心ノ臓は高鳴っていた。

(お奉行も平野さまも、俺が加勢どのから〝田沼意次の隠し子〟探索を請《う》け負《お》っていることをご存じなのでは)

ふと思えたのだ。

だがそれは、松平定信が極秘にしている以上、あり得ないことである。

二

中間姿の岩太が八丁堀に走り、下働きの茂市とウメに、

「ご当家の旦那さまに、あさっての午時《ひる》分に甲州屋にて」

と告げたのは、街道で加勢充次郎が〝泣いて馬謖を斬った〟日から十数日を経た、月が卯月《うづき》(四月)に変わってすぐのことだった。

幸橋御門内の松平屋敷からなら、わざわざ城外に出て街道を横切って行く八丁堀より、呉服橋御門内の北町奉行所のほうが断然近い。それでも加勢が留守と分かっている八丁堀に岩太を走らせたのは、鬼頭龍之助の立場をおもんぱかってのことだろう。奉行所に松平家の中間が訪ねて行ったのでは、

(鬼頭さんはなにやら、松平家とつながりがあるのでは)

などと、同輩にあらぬ憶測を生みかねない。

そうした加勢の配慮が、龍之助にはありがたかった。諸葛孔明の一件よりも、龍之助が加勢から秘かにある探索を請け負っていることは、龍之助も周囲に知られたくないのだ。

翌朝、出仕のとき、

「承知」

龍之助は、挟箱を担いで奉行所までついてきた茂市を松平屋敷と神明町に向かわせた。甲州屋で加勢と会うときは、常に左源太をともなっている。松平屋敷の生《なま》のようすを知るため、左源太の同行は必要なのだ。

奉行所の中で公事《くじ》の処理にあたりながらも、

(さて、あすの加勢どのの話はどっち)

また〝馬譚を斬る〟舞台を用意してくれとの依頼か、はては〝田沼意次の隠し子〟の一件か……。

当日は一度奉行所に出仕してから、

「ちょいと微行に出てきます」

と、午《ひる》すこし前に同輩に告げ、外に出た。

宇田川町の甲州屋には松平屋敷の前を経て幸橋御門から出るのが近道だが、わざわざその道筋を避け、呉服橋御門から町場に出て宇田川町に向かった。加勢充次郎と鉢合わせにならないための用心だ。

「へっへっへ。きょうも潮目のころにひとっ風呂つかって来やしたぜ。刻限の潮目に以前どおりの入込みになるのは、もうあたりまえのことで、そこに文句をつける野暮なやつなど、男にも女にもおりやせんぜ」

と、左源太はさきに来て待っていた。昼の時分どきというのも、左源太には嬉しいようだ。

卯月といえば初夏の候で、江戸庶民が時をかまわず湯屋に駈け込み、汗を流す季節になっている。

待つほどもなく加勢充次郎は、

「いやあ、それがしのほうからお呼び立てしてお待たせさせてしまい、申しわけござらん」

と、急ぐように裏庭に面したいつもの部屋に入って来た。岩太は別部屋で左源太と世間話を始めたことだろう。

毎回のことで、女中がお茶を運ぶと、あとは庭にも廊下にも人は寄りつかない。

「あの節はほんとうにうまく合わせてくだされた。もっと早く礼を申さねばと気になっておったのじゃが、つい家中のことで雑用が重なりましてなあ」

加勢は胡坐居のまま両手を畳についた。

「驚きましたぞ。あそこまでおやりになるとは、まったく予想外でしたからなあ」

龍之助は心底から驚いたことを述べ、

「それに奉行所でも評判でござる。私の同輩たちは、加勢どのを諸葛孔明になぞらえましてなあ。あの不逞《ふてい》の足軽どもは、なんと馬謖《ばしょく》になってござる。ふふふ」

と、これにはいくらかの皮肉を込めた。

「それがしが諸葛孔明などとはまっこと汗顔《かんがん》の至りで……。実は、きょうはそのことと、それにもう一つ」

「えっ」

龍之助は二重にどきりとするものを感じた。〝諸葛孔明〟に、まだつづきがあるのか。それに〝もう一つ〟とはまさか、

（俺の出自《しゆつじ》が？）

とっさに思えたのだ。

だが顔には出さず、落ち着いた口調で、

「ほう。また馬謖を斬る舞台を用意しろと？」

「からこうてくださるな。実は、松平の殿《うち》はさらに一歩、停止《ちょうじ》の法度《はっと》を……」

加勢は言いにくそうに切り出した。

どうやら元凶の松平定信には、湯屋の男女入込み停止令が、現場では柔軟性をもってというか、杜撰《ずさん》に施行されていることは伝わっていないようだ。それもそのはずで、奉行所の同心たちは龍之助とおなじで湯屋に〝かたちだけ〟を奨励し、それを監視する松平家の足軽たちはそこから甘い汁を吸っているのだから、都合のいいようにしか加勢に報告していない。

だが加勢は、それを承知しているようだ。

「殿はうまくいっているとお思いになり、こたびの街道での件は、不正を働いていたのは二人だけとお思いになり、よく処断したと褒められましてなあ」

自慢しているのではない。苦渋を刷《は》いた表情で話している。

「浮華淫靡《ふかいんび》をいっそう取締れと、さらに新たなご停止の法度をお考えなのじゃ。まだ草案の段階で、正式ではござらぬが」

と、ふところから一片の書付《かきつけ》を取り出し、龍之助に示した。

一読し、

「なんと！　かようなことまで、お上がいちいち指示されなくとも……。それこそ町人の一揆が起こりかねませんぞ」

「そう、それなのだ。松平の殿《うち》にはそこを分かってもらえず、われら家臣は難渋しておりましてなあ」

龍之助は驚くよりも呆《あき》れ顔になり、加勢も松平家の家臣でありながら、わが意を得たりといった表情になった。

書付には、

――町人の男女ともに衣裳、髪飾り等に驕奢《きょうしゃ》をいたし、また武家の妻女と見受くる者にも右様の者あり。かようなること、はなはだ然《しか》るべからず。爾今《じこん》以後、一層これを慎《つつし》み、見かけ次第、その筋へ申し出《い》づるべし
松平定信の登場以来、町々からは華美が消え、衣装も食べ物も質素となり、世から華やかさが消えている。それをいっそう徹底し、〝慎みなき者〟を見れば町人なら自身番に、武家なら目付に届け出よ……と、すなわち密告の奨励である。

さらに書付にはあった。

――近ごろ女髪結《おんなかみゆい》なる者、所々《しょしょ》にこれあり。遊女あるいは歌舞伎《かぶき》役者や女形風《おやまふう》に

結い立て、風俗を猥《みだ》しておるは如何《いかが》に候《そうろう》。女ども万事相応の身だしなみをいたすべき義、貴賤《きせん》とも心懸《こころか》くべきに候

一読し、

(大きなお世話だぜ。定信さんよ)

思えてきた。

「で、すでにご裁可《さいか》があって、きょうあすにも町触《まちぶれ》を?」

ただでさえ地味になり活気を失っている世に、さらに庶民の衣装を取締り、得意先を一軒一軒まわっている女髪結をも禁じ、〝貴賤〟とあるから、町場だけではなく武家にもご停止の網をかぶせようとしている。

「いやあ、裁可もなにもない。これは殿さま直々《じきじき》のお声がかりで、中奥の祐筆《ゆうひつ》が口述筆記したものの写しでござってなあ。われわれ家臣に検討し御掟《ごじょう》の文面を考えよと、指示なされたのじゃ」

「そのようなこと、これまでにもございましたか」

「いや。初めてでござる」

龍之助の問いに加勢は応え、

「それをのう……」

と、また言いにくそうに、

「奉行所で秘かにお奉行の甲斐守どのにお見せし、できれば……」

「町触される前に柳営で、奉行から定信公をお諌《いさ》めするように……と？」

「さよう」

加勢は応えた。異例である。これまでのご停止の法度はすべて、柳営で定信からいきなり上意下達され、奉行や若年寄でも異議を唱えることはできなかった。

それをこたびは、ご下問を受けた松平家の家臣が、書付を秘かに奉行所の同心に見せ、町奉行から反対の声を上げさせようとしているのだ。

「お奉行にお見せすれば、一読《いちどく》火中《かちゅう》に願いますぞ」

と、それを龍之助に託《たく》したのである。

この新たなご停止が発令されたなら、ますます世の動きは停滞し、すでに松平定信から離れている人心が、恨みとなって随所に吹き出すことになるかもしれない。

さすがに市井に通じている加勢充次郎であり、これが町触されたときの反応をよく解している。これ以上、人心が離れないようにとの、忠義からだろう。次席家老の犬垣伝左衛門も、町方の鬼頭龍之助を動かし柳営で定信公を諌める策を承知していることになろうか。このような策は、加勢一人でできることではない。

「よろしい。やってみましょう。ただし私は、あくまでも江戸庶民のためを思うてのことですぞ。私も松平さまのご政道には……」

「分かってござる」

龍之助が呑み込んだ言葉を加勢は解し、

「もう一つの件でござるが、殿の執念にも困ったものよ」

と、以前にも龍之助に洩らした愚痴をくり返した。

〝田沼意次の隠し子〟の件である。

「ふむ」

龍之助は聞く姿勢をとった。

「去年であったか、意次どのがまだ六百石の旗本であった四十数年前、田沼屋敷に奉公に上がって意次どののお子を宿し、屋敷を出た町娘がいたという話」

「それなら貴殿配下の足軽が、その町娘の朋輩《ほうばい》だった女を找《さが》し出し、町娘は実家に戻って男の子を産み、その実家が日本橋であることまでは探ったが、それの屋号もいかなる商いの家だったかも判らず、日本橋界隈にそうした噂があったという商家さえつかめなかった……と。それがしも貴殿に言われ、あの界隈をあたりもうしたが、やはり噂さえつかめませなんだ」

龍之助は返した。

去年、加勢の配下の者がそこまでたどり着いたと聞かされたとき、龍之助は戦慄を覚えたものだった。

龍之助の母・多岐《たき》の実家は日本橋の北側、室町《むろまち》に乾物問屋の暖簾《のれん》を張る浜野屋《はまのや》だ。だが、加勢配下の足軽たちが日本橋一帯に聞き込みをいれても、武家奉公から戻った娘が子を産んだなどの噂は拾えなかった。無理もない。四十年以上も昔のことだからというだけではない。そうした噂は、世代が代わっても残るものである。

多岐は意次の子を宿して田沼屋敷を宿下《やどさ》がりしたとき、

「——実家に迷惑はかけられませぬ」

と、芝二丁目に空き家を借り、生まれた子を意次の幼名〝龍助《たつすけ》〟から〝龍之助〟と名付け、武士の子として育てたのだ。空いていた同心株を買って鬼頭姓を名乗るようになったのも、母・多岐の尽力と、鹿島神當流の道場主・室井玄威斎《むろいげんいさい》の推挙があったからだった。

こうして北町奉行所同心となった鬼頭龍之助は、誰がどう探っても行きつくことさえない範囲に暮らすことができたのだ。

その〝日本橋界隈の商家〟の話を、加勢はふたたび持ち出したのだ。浜野屋はいまも室町に乾物問屋の暖簾を守り、あるじの与兵衛《よへえ》は龍之助の従弟《いとこ》なのだ。

「また一人、当時の腰元の朋輩だったという婆さんを、それがしの配下の者が見つけ出しましてな」

「ほう。いかような」

龍之助は穏やかに返したが、内心は激しい動悸に襲われている。加勢配下の足軽たちは、ご法度を盾に小遣い稼ぎをするほどだから、世情にも慣れ探索にも要領を得てきたのだろう。龍之助には脅威である。

「その婆さんは、品川宿の磯華《いそはな》という老舗《しにせ》の割烹《かっぽう》で、そこの女将《おかみ》だそうな。四十数年前に、その磯華の娘が田沼屋敷へ行儀見習いの腰元として奉公していたというのだ。まだ生きておってなあ。鬼頭どのに聞き込みを頼もうかと思うたのじゃが、奉行所の同心が出向いたのでは磯華の婆さんは驚き、かえって口をつぐんでしまいかねないからなあ」

「ふむ。そうなるかもしれませんなあ」

「そこで、それがしが直接品川に出向き、そこが割烹であるのは好都合じゃ。客をよそおって、さりげなく訊こうと思いましてな」

「ほう。直《じか》に行かれますか」

龍之助はその女将がどんな人物か訊こうと口まで出かかったが、聞いてどうなるものでもない。とっさに問いをあたりさわりのないものに変えた。変えると、不意に心ノ臓がふたたび高鳴るのを覚えた。かつて母・多岐から、〝品川の磯華〟の名を聞いた記憶がよみがえってきたのだ。

「――一度、訪ねてみましょうかねえ」

たしか多岐は言っていた。それがどんな関係かは聞いておらず、あるいは聞いたが忘れたのか、一度も〝磯華〟を訪ねることはなかった。

(磯華とは、そういう関係だったのか)

平静を装っているが、脳裡は巡っていた。

「いまは殿のおかげで忙しいゆえ、場所と名さえ分かっておれば、あとは急ぐこともあるまい」

加勢の言葉にホッとしたものの、やがて行くだろう。

(母・多岐のかつての朋輩なら、加勢どのは室町の浜野屋に結びつく、なにやら具体的な証言を得るかもしれぬ)

心ノ臓の高鳴りは収まらない。

「ともかく、この件はそなたにも頼んでおるゆえ、一応話しておこうと思うたまでじや。それより新たな法度が気になりもうす。お奉行にうまく持ちかけてくだされ」

と、話はそこまでだった。

部屋に昼の膳が運ばれた。

別部屋では、左源太と岩太がすでに膳をつついていることだろう。

裏庭に面した座敷でも、

「いやあ、それにしても屋敷の中だけでなく、市井を預かるというのは難しゅうござるなあ。町方の日ごろのご苦労が分かりますよ」

加勢は言う。以前は足軽大番頭として役務は屋敷の中だけで足軽たちを束《たば》ねておればよかったのが、なまじ町方へのお目付け役として町場に出したものだから、逆に町方に縄を打たれても仕方がない事態になってしまった。そこにまで目を光らせねばならなくなったのだ。

会食になれば、つい本音の愚痴も出るのであろう。

「お屋敷の足軽衆は、向後いかがなされますかな。人というものは、いかに締めつけても新たな方途を考え出すものでござる」

「そう。そこでござる」

加勢は箸をとめ、

「町場にまでそれがしの目は届きもうさぬ。それゆえ、ふたたびあのような不届きが出来《しゅったい》いたさば、おもてにならぬうちに始末をつけてくださらぬか。もちろん、貴殿がその場で成敗されても構わぬ。松平家の者であることをおもてにせず……」

最後の言葉を、加勢は濁した。

（そこをよしなに）

言っているのだ。

内心、龍之助は当惑した。平野与力と一緒に奉行の前に出たとき、

「――おもてに曝す算段を講じるのじゃ」

下知《げじ》されている。わずか半月ほど前のことである。奉行の曲淵甲斐守は、柳営で松平定信引き降ろしの派に与《くみ》しているのかもしれない。

奉行の下知と加勢の要請は、まったく相反するものだ。

龍之助は応えた。

「いいでしょう。それが可能な状況で、かつ私の定廻りの範囲で起こった場合にですが。他の土地で起これば、私とて手は出せませぬ」

「もっともでござる。起こるとすれば、前回のように寺社の門前町でござろう。これまでの町場歩きで、足軽どもは門前町が最も町方の手薄なところであることに気づい

ておりますでなあ。したがあの者どもは、増上寺門前や神明町にはそなたがおって、他の土地とは異なることまでは気づいておらぬ。それがしが成敗した二人も、まさか町方が出て来るとは思うてもいなかったでありましょうなあ」

「あはは。また起こるとすれば、また私の定廻りの範囲内でと?」

「さよう。増上寺や神明宮門前なら、幸橋御門に近《ちこ》うござる。逃げ帰るにも至便と」

「そのお見立て、当たっているかもしれませぬなあ」

龍之助は苦笑した。

こうした話ができるのは、膳を挟んでのことゆえであろう。加勢が龍之助との談合を昼の時分どきにしたのは、中食《ちゅうじき》を思う吝《けち》な考えからではない。

三

帰りはきょうも、加勢と岩太がさきに甲州屋を出た。

きょうの話は加勢にとって、大事なものばかりだった。とくに膳に箸を動かしながら話したことは、卑近《ひきん》な切羽《せっぱ》詰まった問題と言えようか。だからわざわざ、膳を挟んだときに切り出したのだろう。

玄関の外まで加勢を見送った甲州屋右左次郎《うさじろう》が、奥の部屋に戻って来た。

「うふふ、鬼頭さま。また松平家から役中頼《やくちゅうだの》みのご注文を受けましてございます」

商人らしく揉み手をしながら言った。

一種の賄賂《わいろ》である。菓子折りの底に小判を忍ばせる。お屋敷御用達《ごようたし》の献残屋ともなれば、金子《きんす》だけを贈賄側から受け取り、菓子折りは店で用意する。

「先般、長崎のお代官さまが江戸へお戻りになり、長崎名産のカラスミを柳営の要路や親しい旗本衆にお配りになり、それを手前どもが幾人か換金させていただきましてなあ。ちょうど手文庫ほどの大きさの桐の箱に入っておりまして。すぐに準備ができますので、のちほど番頭に組屋敷のほうへ運ばせ、茂市さんに渡しておきますでございますよ」

「ほう。それはいつも済まんのう。で？」

「はい。両手でして」

桐の箱の底に、十両忍ばせるように、加勢から指示されたようだ。

「ふむ」

龍之助はうなずいた。

(賄賂を厳禁している松平からの役中頼みなら、いくらでも受け取ってやるぞ)

以前からの、龍之助の考えである。毎回のことだが、松平家から得た役中頼みは左源太とお甲、それに大松の弥五郎たちにもまわっている。

右左次郎や番頭に見送られ、龍之助と左源太は外に出た。

「へへ、兄イ。加勢さんの話はなんでしたい。泣いてなんとかを斬るってえ、あのことでしたかい」

「ま、それもあるが、俺はいまからすぐ奉行所に戻らねばならん。おめえ、神明町に戻ってお甲を呼び、八丁堀の組屋敷で俺の帰りを待て。大事《でえじ》な話がある。今夜はおめえら二人、八丁堀に泊まっていけ」

「そりゃあよござんすが。大事な話って、いってえ」

「組屋敷に戻ってからだ。さあ」

「へえ」

宇田川町から街道に出ると、二人は左右に別れた。

龍之助は街道を北へと急いだ。

奉行所の役人が急いでおれば、往来の者は避けるように道を開ける。

「あ、ご苦労さまでございます」

言葉をかける者もいる。

一歩一歩に、

(品川の磯華……か)

込み上げてくる。加勢充次郎が直接行けば、なにを訊き出してくるか。

(室町の浜野屋の名が……)

あり得ないことではない。浜野屋の名が知れたなら、その近辺の年寄りから、かつて浜野屋に武家奉公に上がった〝多岐なる娘〟がいて……これまでと違い、龍之助に一歩近づくことになる。

だがきょうはそれよりもまず、加勢に依頼された新たなご停止つぶしの件だ。江戸はいま、わずかでもきっかけがあれば町人一揆が起こる危うさの下に、日々が過ぎている。町方が気を遣っているのは、ご停止の取締りより、むしろそのほうである。そのためであろう。質素倹約令も博打や好色本に一枚絵、隠売女などの取締りが当初よりもゆるやかになっている。新たに衣裳・髪飾りの驕奢はならぬ、女髪結もならぬなどと言い出したのは、ご注進する佞臣《ねいしん》がいたのかもしれない。

奉行所に戻ると、同心溜りを素通りし与力部屋に向かった。

平野与力は、龍之助から書付を見せられると、

「ほおう。かつては色とりどりの町中《まちなか》で、おめえらの黒羽織が逆に目立っていたが、まわりが地味になりゃあ、こんどは色つきの着物のほうが目立つってえわけか」

「それを取締れと、ご老中さまが」

「こりゃあ江戸中の染物屋が店じまいをして、大勢が路頭に迷うぞ。さあ、お奉行に」

書付に目を通した平野は、さっそくと言ったように龍之助をうながした。

二人は奉行の前に端座し、

「一読火中に、と」

「なに？」

平野の手から書付を渡されると、奉行の曲淵甲斐守は〝一読火中〟に緊張を覚えたようすで書面に見入った。

読み終わるとそれを引き裂き、小者を部屋に呼び、

「これをすぐ燃やしておけ。慥《しか》とじゃ」

「はっ。慥と燃やしておきまする」

小者が裂かれた紙片を手に後ずさりして部屋を出ると、

「これを、あの泣いて馬謖《ばしょく》を斬った松平家の家臣が鬼頭に託《たく》したるか」

「御意《ぎょい》」

甲斐守の問いに、平野が応えた。

「ふふふ。わしも毎朝、女髪結の婆さんに髪を結わせているが、それがご停止となれば……さあ、困ったのう」

甲斐守は苦笑いの態で言うと、

「あの婆さんに仕事を失わせるわけにはいかぬ。平野、出かけるぞ。供をせい。それに鬼頭」

「はっ」

「諸葛孔明どのに言っておけ。この話、慥と承《うけたまわ》った、と」

「ははーっ」

龍之助が平伏し、顔を上げたときにはすでに甲斐守は腰を上げ、平野与力もそれにつづいていた。これから登城するのか、それとも幕閣の屋敷を訪れるのか、龍之助の知るところではない。ただ奉行の迅速な動きに、松平定信のご政道にさきが見えてきたような感触を得た。

同心溜りに戻った。以前より、奉行所に持ち込まれた公事《くじ》を扱っている同輩の姿が少なくなっている。公事が減ったわけではない。市中見廻りに忙殺されているのだ。

それだけ公事の処理が滞《とどこお》っていることになり、定信の政道はその面でも行き詰まりを見せている。

龍之助も、担当している公事の処理をしなければならない。文机に向かうと、

「この世の中、いつまでつづくのでしょうかねえ。これ以上のご停止は、もう御免こうむりたいですなあ」

「まったくです」

同輩が声をかけてきたのへ、龍之助は肯是《こうぜ》の言葉を返した。御免こうむりたいどころか、さらに増えようとしているのだ。その一つである女髪結の停止など、およそ庶民の日常に不便を来たすものでしかない。

たまっている書類を整理し、公事の裁許の場にも出て夕刻近くになると、茂市ではなく左源太が腰切半纏に三尺帯の職人姿で挟箱を担ぎ、迎えに来た。

左源太とお甲が初めて八丁堀の組屋敷に泊まったとき、なにしろ島返りの入墨者《いれずみ》と美形で色っぽい粋筋《いきすじ》のような女だったもので、

「――えっ、このお人らが旦那さまの岡っ引に？」

茂市もウメも驚いたものだった。

ところがいまでは二人とも、左源太やお甲が八丁堀に来て泊まっていくのを喜んで

いる。左源太は庭掃除や手先の器用さから板壁や棚の傷《いた》みの修繕、それに薪割りなどもし、お甲はたすき掛けに手拭を姐さんかぶりに台所へ入って立ち働く。このときばかりは、茂市とウメは楽隠居を決め込むことができるのだ。

現にいまも、

「へへ。お甲も来て、いまごろ台所に入《へえ》っていやすぜ」

と、茂市を組屋敷で休ませている。

挟箱を担いでいては主人と下僕の関係になるから、横ならびに話しながら歩けないのが不便だ。ときおり龍之助はふり返り、

「さっきは聞けなかったが、岩太の話はどうだったい」

「それでやすよ。あの街道での成敗以来、屋敷のなかはぴりりとして、息が詰まりそうだと。腰元や足軽、中間たちが息抜きにやっていた丁半もやれなくなったって」

「まあ、そうだろうなあ。足軽二人を斬刑にしたのだからなあ」

「そこでござんすよ。とくに足軽たちは、ほぼ全員が町場での小遣い稼ぎに覚えがあるらしく、戦々恐々として、萎縮しながら不満たらたらで不穏な感じだってよ。岩太が言うには、町場の湯屋であんな強請《ゆすり》たかりはもうしていねえようで、ざまあ見ろってんでさあ」

「いや、そうとも限らんぞ」

「えっ。まだやってやがるんですかい」

「やり方を変えてな」

「どんな？」

「それは分からん。どうせ、そう手の込んだことはできねえと思うが」

話しているうちに街道を横切り、八丁堀に入っていた。

まだ陽は沈んでいない。

組屋敷の冠木門をくぐり、

「旦那さまのお帰りーっ」

左源太が声を上げると、

「あーら、お帰りなさいまし」

と、玄関に三つ指をついたのはお甲だった。年齢と色気と立ち居振舞いから、下女ではなくこの組屋敷の内儀のように見える。お甲もその気分に浸っているのか、

「お疲れでございましたでしょう。お腰のものを」

と、大小を預かり、龍之助のうしろにつづいて部屋に入った。

「おい、お甲。おめえ、みょうな気分になるんじゃねえぜ」

「んもう。なに言ってんのさ」

左源太にせっかくの気分を壊され、本来の言葉遣いに戻った。衣裳もこのご時世に派手なものは避け、紺の着物に黄色の帯の割烹・紅亭の仲居姿のまま来ている。

庭に面した居間で、三人そろっての夕餉《ゆうげ》となった。お甲は晩酌も用意していた。茂市とウメは奥の自分たちの部屋で膳をつついている。きょう午後からの二人の仕事といえば、甲州屋の手代が届けに来た役中頼みを受け取り、龍之助が帰ると、

「旦那さま、松平さまのお屋敷からまたこれを」

と、カラスミの木箱を手渡しただけだった。

カラスミは一枚でも桐の箱に入れるほどの珍品だ。三枚入っていたが、これから数日かけ、酒の肴《さかな》で茂市の胃袋に入ることだろう。

「龍之助さま、なんなんですか。きょう昼間、松平の加勢さんとお会いになったとか。わたしたちを呼んだのはその件でござんしょう」

「そういうことだ。まあ、食べながら聞け」

お甲が言ったのへ龍之助は応じ、まず加勢から内緒に書付を見せられ、すでにそれが奉行所で〝一読火中〟にされたことを話した。

すなわち、口外無用……である。左源太とお甲は真剣な表情でうなずきを返した。

女髪結の話になると、

「なんでそんなことをお上がいちいち。神明町にも幾人かいますよ、女の髪結さん。あのお人らのお仕事を奪うなんて」

「そりゃあ歌舞伎役者や女形《おやま》みてえの、ときおり見かけますさあ。それを見て、ご法度の網をかぶせようってんですかねえ。その人ら、神明宮の境内や増上寺のご門前で興行を打っている、本物の役者や女形ですぜ」

と、二人とも怒りよりも呆《あき》れ顔になり、

「紅亭のこの黄色い帯も、驕奢《きょうしゃ》なんてことになるかしら」

お甲が仲居姿の帯をポンと叩き、

「それよりも龍之助さまア。驕奢だの風俗を猥《みだ》したるだのって話なら、茶店の紅亭でも充分じゃありませんか。わざわざ神明町を離れてわたしたちに話とは」

「おう、それそれ。田沼さまの話で、松平屋敷になにか動きでもありやしたかい」

「ほっ、左源太。いい勘しているぞ」

「え、やっぱり」

左源太とお甲は、すでに推測を話し合っていたようだ。

「旦那さま。行灯《あんどん》をお持ちいたしましょうかね」

「あ、わたしが」

襖の向こうからウメの声が聞こえ、お甲が腰を上げた。

陽が落ちたか、すでに火灯《ひとも》しごろになっていた。

部屋に行灯が入り、話は再開された。

「あった。大きな動きがなあ」

龍之助はお甲の味付けの味噌汁を旨そうにすすり、ゆっくりと膳に置いた。

加勢充次郎配下の足軽が、かつて田沼屋敷で多岐と朋輩だった女に行きついた件である。これまでのように、市中で〝高貴の出〟を名乗る霊媒師や〝ご落胤《らくいん》〟を詐称《さしょう》する山師などの噂を足軽が聞き込み、それを加勢の要請で龍之助が左源太やお甲とともに探索の手を入れ、その詐欺ぶりを暴いてきたのとはわけが違う。こたびは、たぐれば本物のご落胤につながるかもしれない婆さんの話なのだ。

「品川の磯華？　名は知っています。なんでも場所柄、海鮮料理の老舗《しにせ》と……行ったことはありませんが」

「俺も名だけなら聞いたことありやすぜ」

お甲につづいて左源太も言う。土地で名の知れた割烹の娘なら、武家屋敷へ奉公に上がっていても不思議はない。

年老いても磯華の女将……しっかりした女だろう。多岐を覚えていたらどうなる。浜野屋の名が出るかもしれない。

松平定信のご政道にさきが見えてきたというのに、〃田沼意次の隠し子〃探索にまで、さきが見えてきたのだ。防ぐ手段《てだて》を考えなければならない。部屋には緊張というよりも、困惑の空気が張りつめた。

四

翌朝早く、お甲が軽い旅支度の茂市とウメを連れ、八丁堀の組屋敷を出た。

昨夜、茂市とウメは龍之助から、

「――あした一日、お甲と一緒に四十七士の泉岳寺《せんがくじ》に参詣し、桜の季節は過ぎているが、緑の葉桜も一興だろう。品川の御殿山《ごてんやま》に遊び、名物の海鮮料理でも食べてこい。途中疲れたら、駕籠に乗ってもいいぞ」

と言われ、お足までたっぷりもらったのだから大喜びだった。きのう松平屋敷から役中頼みが入ったばかりで、鬼頭家はいまふところがあたたかい。

「ほれ、これが松平からの役中頼みだ」

と、お甲もきょうのお足を充分にもらっている。途中、神明町で紅亭に立ち寄り、地味な着物に笠と杖を持ち、軽い旅支度をこしらえた。

『わたしは神明町の紅亭の若女将《わかおかみ》で、亡き母が三十年ほど前に田沼屋敷に奉公に上がっており、こちらの女将《おかみ》さんも母より以前に田沼屋敷にご奉公されていたと聞いたことがあり、つい立ち寄った次第です』

と、磯華の座敷に上がり、女将がどれだけ四十年前のことを覚えているか、加勢充次郎に先駆けて聞きだそうというのだ。

そのために茂市とウメを下男下女に仕立て、供に連れたのである。茂市とウメの老夫婦には、

「これも御用の筋だ」

龍之助は因果を含めている。〝田沼意次の隠し子〟の件は、茂市とウメも知らないのだ。

お甲の〝母〟が田沼屋敷へ奉公に上がっていたのを、多岐や磯華の女将の十年後に設定すれば、当時の〝紅亭の娘〟を直接には知らないことになる。芝居の道具立ては完璧だ。

龍之助は左源太を挟箱持に奉行所へ出仕し、左源太はそのまま室町まで足を伸ばし、

浜野屋に寄ってあるじの与兵衛に会い、近ごろみような聞き込みを入れている者の気配はないか確かめることになっている。あとは陽がかたむいたころに、また奉行所へ龍之助を迎えに行く。ふところもあたたかく、きょう一日のんびり過ごせそうだ。

高輪《たかなわ》の泉岳寺は東海道の品川宿の手前にあり、お甲の一行が四十七士に線香を手向《たむ》けたころ、太陽はすでに中天に差しかかろうとする時分になっていた。途中、沿道の茶店で幾度も休み、お甲が年寄りの足に合わせたから、茂市とウメは物見遊山の気分でさほど疲れは見せていない。

御殿山に遊ぶ前に腹ごしらえをと一行は品川の宿場町に入り、土地の者に海鮮料理の磯華を訊《たず》ねた。すぐに分かった。土地では知らぬ者はいないようだ。

行くと、増上寺門前の花霞よりも大層な構えで、なるほど娘を行儀見習いに武家屋敷へ上げても不思議はない格式が感じられる。

座敷に上がり、仲居に用意した趣旨《しゅし》を伝えると女将は非常に喜び、お甲は茂市とウメを座敷に残し、奥の居間のほうに通された。女将は老齢で足腰がすっかり弱り、昼間でも寝たり起きたりの半病人のような日常をつづけているという。

潮騒《しおざい》が聞こえ、障子を開ければ海の見える部屋だった。

蒲団をたたみ、起きていたが疲れたように脇息《きようそく》にもたれかかっている。お甲が若女将なら、磯華の女将は老女将といった風情だ。

「田沼さまのお屋敷とは、なんと懐かしい」

老女将は笑顔をつくっているが、部屋にはかすかに薬湯のにおいがする。病気ではなさそうだが、精をつける薬湯でも飲んでいるのだろう。遠来の客を迎えるのに、無理をしているのがうかがえる。だが世代が異なり面識のない相手に、心底《しんそこ》から往時を懐かしんでいるのが、その表情から看《み》て取れる。

理由はすぐに分かった。

「おうおう、そなたのご母堂は三十年前ですか。ならばわたしとは入れ違いですが、苦労なされているのでしょうねえ」

磯華の老女将は言った。飛ぶ鳥をも落とす勢いであった田沼意次が失脚し、さらに死去してからも、松平定信の意次とすこしでも関わりのある者への弾圧は、武家社会だけではなく、出入りのあった商家にまで及んでいた。老女将はそこを〝苦労〟と表現し、名を市女《いちめ》と名乗った。

「神明宮下の紅亭さんもそうでありましたろうなあ。いまもなお……」

と、市女はつづける。田沼屋敷へ奉公に上がっていたことを、世間にはひた隠しにしている。そこへ、世代は違えどおなじ境遇の同業が訪ねて来たのだ。日本橋蠣殻町《かきがらちょう》の下屋敷のお甲が、意次の生前、上屋敷も中屋敷も召し上げられ、日本橋蠣殻町の下屋敷のみが残っていたとき、一度会いに言って縁側から直接声をかけられた話をすると、

「ほう、危険を冒し会いに行かれたか」

と、市女は感服したように言い、目には涙さえ浮かべた。

嘘ではない。お甲は左源太と一緒に、龍之助の供をして蠣殻町の田沼家下屋敷に行き、庭にひかえて縁側に出てきた意次と直接言葉を交わしたことがあるのだ。市女はそれを〝危険を冒して〟と言う。

「亡き母を偲《しの》ぶため……」

と、お甲は市女のお屋敷奉公のときの思い出話を求めた。

「そなたに話すのも、そなたのご母堂への供養になりましょうか」

と、老女将の市女はますます当時を懐かしがり、話しはじめた。田沼家の思い出など同類の者にしか話せない。おなじ境遇の者にならなら話せる。だから名までみずから告げたのだろう。

市女は、多岐という名は覚えていなかったが、確かに意次の子を身ごもって宿下がりをした朋輩がいたことは記憶に残っていた。

「その人の顔は覚えています。男の子が生まれたと聞きましたが、母子ともに生きておいでなら、なんとか会いたいものです。さぞやご苦労を……」

声を詰まらせ、

「ご母堂から、なにか聞いておりませぬか」

「い、いえ。なにも」

「そうでしょうなあ。奉公に十年の差があれば、噂も絶えていたかもしれません」

休憩するように間をおき、

「そうそう。武家屋敷へ娘を奉公に上げた商家では、娘のためを思うてお屋敷になにかと付け届けをしましてなあ。ちょうどいまの季節でした。この磯華からは毎年、初カツオが届き、殿に喜んでもらいましてなあ」

市女はうっとりとした表情で話し、そのようななかに高価で珍しい鶴の塩鳥《しおとり》を定期的に届けていた商家があったことを話した。塩鳥とは塩漬けの鳥肉であり、乾物の一種で鴨《かも》や雁《がん》もあり、鶴はとくに高級品とされている。

（浜野屋……）

に、違いない。だが市女は多岐の名を覚えていなかったように、〝浜野屋〟の屋号もその口から出ることはなかった。

小半時（およそ三十分）も話したろうか、襖の向こうから、

「そろそろお休みにならねば」

女中の声が立った。市女もそのようなようすだ。

廊下に出てから、

「大女将《おおおかみ》がこんなに機嫌よかったのはめったにないことで、今年に入ってからは初めてでしょうか」

女中が言っていた。かなり年増《としま》で、奥向きを預《あず》かっている女中頭《がしら》だった。

葉桜の御殿山に遊び、帰りはさすがに疲れたか、陽の落ちかかったころ茶店の紅亭でひと息ついたあと、茂市もウメも動けなくなってしまい、お甲も年寄り二人の面倒をみるのに疲れたか、八丁堀の組屋敷に着いたとき、

「おっ。駕籠が三挺たあ豪勢じゃねえか」

と、冠木門まで出てきた左源太が言っていた。

「お世話さまでしたじゃ」

と、茂市とウメは疲れたなかにも満ち足りた表情でお甲に言い、左源太の用意していた盥《たらい》の湯で手足や首筋をぬぐい、さっさと蒲団を敷いて寝てしまった。

庭に面した居間に、行灯の火が入っている。

「そうか。市女さんというのか。母からその名は聞いておらんが、塩鳥をなあ」

「兄イ。松平屋敷の加勢さんがそれを聞きゃあ乾物屋を連想し、江戸中の乾物屋じゃねえ。武家へ行儀見習いの奉公に出せる商舗《みせ》となりゃあ限られてきやすぜ」

「そう。わたしも話を聞きながら、それを思いましたさ」

加勢充次郎が足軽を動員し、

(浜野屋に行きつく)

三人の脳裡に、その懸念が走った。

左源太がきょう浜野屋与兵衛に会って聞いたところでは、目下のところ近辺に浜野屋の以前を探るような聞き込みはなく、

「――あればすぐ義兄《にい》さんに知らせますから」

と、与兵衛は心配顔で言ったという。

加勢充次郎が〝塩鳥〟から浜野屋に行きつき、さらに多岐の名を割り出し、宿下がりのあとの足跡を調べ、鹿島新當流の室井道場にまで至ったならどうなる。そこで免許皆伝を得て無頼を張っていた男……加勢充次郎は、無頼の一時期が龍之助にあった

ことを知っている。おそらく仰天することだろう。

半信半疑のなかにも、加勢は馬謖を斬った忠臣である。定信へご注進に及ばぬはずはない。

「うーむ」

龍之助は唸《うな》り、

「ともかく、加勢どのがいつ品川に行くかだ。当面は忙しいゆえと言うておったが、品川の磯華まで焙《あぶ》り出しているのだ。そのうちきっと行くだろう。お甲よ」

「あい」

「もうひと働きしてもらうぞ」

「なんなりと」

三人は声をひそめた。左源太とお甲が二日も八丁堀の組屋敷に泊まっていくのは珍しいというよりも、初めてのことである。

五

龍之助が朝から神明町に出向き、

「なにも訊かずに承知してくれ。このとおりだ」

大松の弥五郎の前で頭を下げたのは、翌日のことだった。

「なんでござんしょうかね、鬼頭さま。ともかく頭をお上げくださいやし」

と、これには弥五郎のほうが驚き、

「分かりやした。好きなようにしてくだせえ。紅亭の女将にも大松《うち》の若い者にも、そのように申しておきやしょう」

ふたつ返事で応じた。

そのあとすぐだった。茶店の紅亭から町駕籠が二挺、街道に走り出た。一挺には茶店の老爺《おやじ》が乗り、もう一挺は空駕籠だ。

「がってんでい」

と、左源太は八丁堀に走った。

二挺の駕籠は品川に向かい、揺られている茶店の老爺はお甲の文《ふみ》をふところに入れており、左源太は茂市とウメを呼びに行ったのだ。

きのうお甲が磯華で演じた〝紅亭の若女将〟を、きょうは紅亭で演じるのだ。一日女将といったところか、陰の差配は龍之助で、これには本物の女将も仲居や包丁人たちもおもしろがるというより、

「鬼頭さまに、なにやら秘めた思惑がおありのようだ」

と、積極的に合力《ごうりき》の姿勢を示した。お甲は客分のように紅亭に住み込んでいるのだから、きわめて自然にそのかたちはできあがった。

「なんだか年老いた市女さんを騙《だま》しっぱなしで、気が引けますよう」

などとお甲は言っていたが、龍之助のためであり、定信の執念から磯華を護ることにもつながるのだ。

「なんですかねえ。きょうは神明宮にお参りして、紅亭の料理が食べられるとか」

と、茂市とウメもきのうに引きつづき、ほくほく顔で来た。茂市は割烹・紅亭の下足番で、ウメは若女将つきの老女中である。

茶店の老爺が持ったお甲の文は、市女宛てであり、

――一読火中

冒頭に記《しる》し、

――昨日、言いそびれたことがあり、大事なことゆえ早急《さっきゅう》に話したき儀あり。お女中頭か番頭さんを、遣《つか》いの者と一緒に当方へ寄越してもらえますまいか

との意味のことが書かれている。空駕籠をともなったのはそのためだった。

茶店の老爺は駕籠舁《か》きを疲れさせまいと、二挺の駕籠を交互に乗り換えたので足は速かった。

駕籠が品川宿の磯華に着いたのは、太陽が中天にかかる前だった。

老爺が玄関で女中頭を名指しすると、きのう来た神明町の紅亭の遣いというのですぐに出て来て、

「あれ、おまえさまは確か街道の茶店の……」

と、磯華の女中頭は以前神明宮に参詣し、そのとき茶店・紅亭でひと休みしたことがあるという。おなじ客商売だから土地々々の接客をよく観察し、それで老爺の顔も覚えていたようだ。

幸先がいい。

「紅亭《うち》の若女将から」

老爺はお甲の文を手渡した。老爺もお甲なら〝若女将〟の言葉がきわめて自然に出るようだ。

女中頭は、

「きのう、お見えになったばかりなのに」

と、大事そうに預かり、

「しばらくお待ちを」

奥に駈け込み、すぐに出てきた。

「大女将《おおおかみ》の許しを得ました。さあ、参りましょう。芝の神明町ですね」

逆に老爺を急かし、待っていた駕籠に乗った。市女はお甲をおなじ境遇の者と看做《みな》し、女中頭もそれをよく心得ているようだ。

急いだ。

駕籠が神明町の通りに入り、石段下に駕籠尻をつけるなり、

「待っておりました」

と、玄関からすり足で出て来たのは茂市とウメだった。

磯華の女中頭は、

「あらあら、きのうのお供のお人。きょうはお世話になりまする」

と、龍之助のお膳立てはますます完璧である。当人はいま、奥のお甲の部屋で首尾を待っている。

部屋はすでに用意されており、

「お呼び立てして申しわけありませぬ」

と、お甲が仲居姿ではない、時代に抗するかのような着物で待っていた。

ウメの指図で仲居が昼の膳を運んで来た。ちょうど時分どきでもある。箸を動かしながら話は進んだ。

部屋にはお甲と磯華の女中頭の二人だけである。

その中でお甲は、きのう市女とのあいだで話のあった、意次の子を宿して宿下がりをした腰元と生まれた子の行方を、松平屋敷の者が躍起になって探していることを話した。

女中頭は箸をとめ、真剣な表情で聞き入っている。どこの料亭でも旅籠でもそうだが、女中頭は女将の分身である。磯華もそのようだ。

「して、松平さまのご探索はどのあたりまで」

女中頭は困惑した表情で問いを入れた。

「それなのですが、松平屋敷の探索方は、すでに紅亭《うち》もそちらさまの磯華さんも、田沼さまに関わりのあった商舗としてつかんでいるようです」

「えっ」

女中頭の表情は変わった。覚えがあるのだ。足軽が一度聞き込みに行っている。そのとき応対したのは他の仲居だったが、女中頭はその仲居から報告を受け、めったなことは言わないようにと叱ったものだった。

「やはり、あのときの人が」

女中頭がつぶやくように言ったのへお甲は、

「松平屋敷から、さらに探索に長《た》けた家臣が、お客をよそおって出向くはずです。そのときは、何十年も前のことゆえ一切記憶にありませぬと応《こた》え、鶴の塩鳥の話などもされませぬほうがよろしかろうと……。いかような些細なことからも、そのお腰元とお生まれになったお子を探し出さないとも限りませぬ。もし松平さまが探し出されたなら、そのお方たちは多分……」

言葉を切り、

「無事では済まされぬ……と、そう存じまする」

「ううっ」

女中頭は息を詰まらせ、

「よう、ようお教えくださいました」

表情に、翳《かげ》りを走らせた。

「なにか、お心当たりのことでも？」

「いえ。きのうお感じになられたと思いますが、医者の申すには、もう長くはない……と。そのお体で、松平さまの手の人がきょうは来ないか、あすは来るのではないかと、気の休まることがなく。そこが不憫《ふびん》でなりませぬのです。それできのう、思いがけずおなじ境遇のあなたさまがお見えになり、あのように久しく心の休まるお顔になられたのでございます」

女中頭の言葉にお甲は、

（わたしたち、市女さんを謀《たばか》っているのではない。助けているのだ）

その心境になれた。

ふたたび箸が動きはじめ、そのなかにお甲はさらに言った。

「紅亭《うち》のお客さまに、お武家で松平家のご家臣と昵懇《じっこん》の方がおられまして、ある程度のことは耳に入るのでございます」

前置きし、松平家では主として足軽が町場に出てさまざまな探索をし、さらにそれを家中の横目付が監視していることなど、予定になかった話をした。

「なんと恐ろしいこと」

女中頭は身をぶるると震わせた。

膳がほぼかたづき、話が終わりになったころ、お甲は予定どおりのことを話した。

「用心のためです。これもなにかのご縁かと思いますが、しばらくはわたくしたち磯華さんと紅亭は、連絡を取り合わぬほうがよろしいかと。むろん、もしなにか大きな変化がありますれば、すぐお知らせいたします」

「はい。その旨《むね》、大女将に話しておきまする」

女中頭は承知した。むろんお甲は、女中頭へのねぎらいと市女への見舞いの言葉を忘れなかった。

帰りの駕籠には、すでに紅亭から充分な酒手《さかて》をはずんでいる。

お甲は茂市とウメを引き連れ、外まで見送った。

伊三次が若い者を随え、通りかかった。

「これは紅亭の若女将。お客のお見送りでござんすかい」

「えゝ。まあ」

お甲は返した。これも龍之助が用意した舞台装置の一つだが、お甲の堂々とした若女将ぶりに、そのような小道具までは必要なかったようだ。

磯華の女中頭は〝紅亭の若女将〟のお甲にふかぶかと辞儀をし、駕籠に乗るときも深刻な表情だった。

（いまのご時世がつづけば……）

老いた市女と磯華の将来を思い、ますます胸に詰まるものがあるのだろう。

「あらよっ」

「ほいさ」

前棒のかけ声に後棒が応じ、駕籠尻は地を離れた。

「ふーっ」

玄関に入り、お甲は大きく息をついた。

「お甲さん、なかなかの女将ぶりじゃなかったかね」

「もう、からかわないでくださいよ」

ウメが言ったのへ、大任を果たしたお甲は、ホッとしたように返した。

奥の自分の部屋に戻ると、

「おめえ、なかなかの芸達者だったらしいなあ。さっき本物の女将から聞いたぜ」

と、左源太も一緒に待っていた。

「そのようだったらしいなあ。で、女中頭はどんなようすだった」

龍之助が訊くのへ、

「なんだか市女さんに申しわけないですよう」

言いながらお甲はくつろぐように横座りに座りながら応え、首尾を話した。

磯華が極度に警戒しているなかに、たとえ加勢充次郎が客をよそおって聞き込みをいれても女中頭が即座に見抜き、

『大女将は老いの身ゆえ、伏せておりますれば……』

と、うまくかわし、加勢は益なく品川から戻ることになるだろう。

龍之助はお甲の労をねぎらい、

「うーむ。さほどに市女さんは衰弱しておったのか。俺の阿母《おふくろ》とおなじころに田沼屋敷に奉公しておったというからには、もう相当な年行《としゆ》きだろうからなあ」

磯華の老女将の身を案じ、

「少しでも身を起こせるうちに、一度会いたいものだなあ」

つぶやくように言った。会えば、亡き母を偲ぶこともできようか。

六

加勢は動けなかった。配下の足軽たちに、奉行所同心たちの町場での取締りを監視させるどころか、その足軽たちが町場で悪戯に走らないか、そのほうの引締めに神経を尖らせねばならないのだ。このことからも、世間から〝密偵に密偵をつけている〟と揶揄《やゆ》されている松平定信の政道は、

（すでに崩壊している）

加勢自身が痛烈に感じていることである。

磯華の女中頭を神明町の割烹・紅亭に呼んでから数日を経た、卯月《うづき》（四月）の下旬に近い一日だった。すでに夏場で汗をかき、湯屋の日切りや刻切りなど、

「いちいち構っちゃおれませんよ」

と、女の行商人までが言う暑い日がつづいている。

午《ひる》すこし前で、刻切りでいえば神明町の湯は女湯の時間帯だった。

「おう、きょう一日、茶店の紅亭に入っているから、なにか面倒でも起こりゃあ知らせに来ねえ」

と、龍之助は神明町や増上寺門前を含む芝《しば》一帯の湯屋に触れ、茶店の奥の部屋に陣取っていた。加勢の言った、また起こるとすれば寺社の門前町で、それも逃げ帰りやすい幸橋御門に近いところというのが、気になっているのだ。カラスがカアの時分に湯を済ませた左源太も一緒だった。

「女髪結や色がちゃらちゃらの着物のご停止ってので、なかなか町触が出やせんが、どうなってんでやしょうねえ」

話しているところへ、神明町の湯屋の小僧が茶店に飛び込んできた。縁台に座っていた女客二人が思わず中腰になり、小僧を追うように暖簾の奥をのぞき込んだ。

小僧は板戸の開け放されている一番奥の部屋に、お甲姐さんが与太二人を相手に、

「旦那っ、来てくだせえ。お甲姐さんが与太二人を相手に！」


「なにっ」

「お甲がっ」

龍之助と左源太は同時に立ち上がり、茶店・紅亭を飛び出した。

縁台に座っていた商家のご新造風の客二人が、

「あららっ」

さっきの中腰からそのまま後について走ろうとしたのへ、

「お客さん！　お代をっ」

老爺と茶汲み女が飛び出てきた。

「あら、ごめんなさい」

女客二人は立ちどまり、たもとから巾着《きんちゃく》を取り出した。

神明町の通りでは、

「おっとっと」

「どうしなすった！」

往来人が慌てて左右に道を開ける。

お甲が与太二人を相手に大立ちまわり？　龍之助も左源太も思ったのだ。こんな昼間、お甲は得物《えもの》の手裏剣を持っていない。

（まさか裸で得意の軽業で飛び蹴り⁉）

お甲ならやりかねない。

茶店の女客二人が代金を払い神明町の通りに入ったとき、さきほどの同心と職人の姿は見えなかったが、往来人が一筋の脇道へ吸い込まれるように走っている。

「あそこ」

女客二人も走った。

人だかりは湯屋の前だった。

「あっ、旦那。この人らっ」

龍之助の顔を見るなり湯屋のあるじが訴えるように言う。

「お甲！　どうした」

龍之助は内心安堵し、問いを入れた。女湯の時間帯とはいえ、下帯一本の裸は男のほうで、お甲ではなかった。

「旦那ア、この人ら松平の足軽ですよ」

現場のようすとお甲の一言で、龍之助はすべてを覚《さと》った。

さきほどだが、刀は二本だが膝までの腰切《こしきり》の着物で長羽織を着けた、下級武士と分かる二人連れが湯屋の暖簾をぐぐった。湯屋のあるじは、

(――松平さまの足軽!)

恐怖を感じ、黙って番台を通した。これが町人なら脱衣場や洗い場で先客の女たちから罵声か冷やかしの声を浴びせられるのだが、足軽でも武士であり、女客たちは素知らぬふりで隅へ寄った。悠然と湯に浸かった足軽二人が柘榴口から洗い場に出て脱衣場に戻ったときだった。

「――あ、ない。置引《おきび》きだ!」

足軽の一人が声を上げ、騒ぎはそこから始まった。二人で三両ずつ公金を預かり、入れていた巾着《きんちゃく》がなくなっているというのだ。

片方が、

「――俺のはあるぜ。これこのとおり」

と、証拠の品でも示すように三両入りの巾着を見せた。

脱衣場の半裸の女たちは疑いをかけられ、ただ困惑している。

下帯一本の足軽二人はあるじにそっと言った。

「――俺たちはさる藩の見廻りの者だ。だから公金を持っているのだ。湯屋が三両弁

償するなら、この不始末を見逃してやってもいいぞ。それともここの女どもの腰巻を一人ずつ引っぱがし、吟味しようかい」

「――そ、それは」

あるじが困惑しているところへ、お甲が来たのだ。

腰巻一枚の女のなかに、割烹・紅亭の仲居がいた。素早く事情をお甲に説明した。

突然だった。

――バシッ
お甲は足軽一人の頬を平手で打ち、

「――さあ、小僧さん！　八丁堀の旦那をここへっ。刻切り無視のうえ強請《ゆすり》！」

小僧がおもてへ走り出ると、こんどは足軽たちが困惑の態となった。女の平手打ちに面喰《めんくら》い、さらに〝八丁堀の旦那を〟と言われたのは、まったく想定外のことだ。

「――も、もうよい。見逃してやる」

足軽が棚の着物入れの籠《かご》に手を伸ばそうとすると、腰巻の女がさっと籠を取り、

「――あいよ」

と、事態の逆転に大喜びして次にまわし、

「――こらっ、俺の籠だ。返せ！」

「——あはは。鬼さんこちら」

下帯一本のまま、足軽二人は女たちにからかわれ、脱衣場を右往左往している。

そこへ龍之助と左源太が飛び込んだのだ。

「左源太、松平屋敷だ。加勢どのを茶店へ！」

増上寺門前のときに似た展開になった。だが、龍之助が指定したのは自身番でも大松の住処《すみか》でもなかった。

足軽二人は蒼ざめた。大番頭の加勢充次郎が〝泣いて〟かどうかは分からないが、〝馬謖〟を斬った記憶はまだ新しく、しかもこの近くだ。

龍之助は足軽たちの刀は取り上げたが、男同士のはからいか、腰切の着物を着《つ》け帯を締めるのは許し、

「縄目はかけねえ。ただし、逃げやがると胴と首が離れると思え」

刀をかかえた湯屋の小僧を供に、外へ出た。

野次馬がいる。

「あっ、この男たち。さっき浜松町の湯で！」

声を上げたのは、さきほど茶店の紅亭から走って来たご新造風の二人だった。

その場で龍之助が質《ただ》すと、足軽二人は浜松町の湯で、おなじ手口で三両を騙し取っ

ていた。ご新造風二人はすぐ近くの浜松町の湯に浸かってから、神明宮にお参りに行く途中だったらしい。

さっき見せた三両がそれだったのだろう。

二度つづけてだ。足軽二人はもう、

『ほんの出来心でして』

などと見え透いた嘘はつけなくなった。

龍之助は足軽二人を小突き、街道の茶店・紅亭に引いて行った。

間もなく左源太と一緒に加勢は手勢を引き連れ、急ぎ走って来るだろう。

湯屋のある枝道から神明町の通りに出たとき、

「おぉ、これは鬼頭の旦那」

と、湯屋での騒ぎを聞きつけたか、伊三次が若い衆を引き連れ走って来た。

「おう、伊三次。こいつら二人、ちょいとわけありでなあ。悪いが、俺の好きなようにさせてもらうぜ」

「しかし、旦那」

伊三次は当惑した。土地の貸元の一家として、町で不逞を働いた者が役人に引かれて行くのを、指をくわえて見ているわけにはいかない。そこは龍之助も心得ている。

「だから、こいつらにゃ縄はかけていねえ。一緒について来ねえ。紅亭の茶店だ」

「分かりやした」

伊三次は従った。紅亭は石段下の割烹も街道の茶店も、大松一家の傘下なのだ。そこでなら、どう処理しても大松の顔がつぶれることはない。

その茶店で私的に、不逞足軽二人を加勢に引き渡す。

龍之助は、平野与力と一緒に奉行から受けた、〝おもてに曝《さら》せ〟との下知に、逆らおうとしている。

松平屋敷から役中頼みを受けているからなどではない。体力の衰えている磯華の市女を想えば、そこに狙いを定めている加勢充次郎のふところに、できる限り入り込み、その動きを手中にしておきたいのだ。

七

事態は、龍之助の思惑どおり進むかに見えた。

呼びに行った左源太とともに、加勢充次郎は五人もの足軽を引き連れて来た。

不逞足軽二人は、この場で〝馬譏〟になるのではないかと生きた心地もない。とっくに浜松町の湯で脅し取った三両は、龍之助に差し出している。

三両はこのあとすぐ、伊三次が浜松町の湯に返すことで話はつき、

「鬼頭どの、恩に着ますぞ。処断は当方にお任せありたい」

と、加勢は二人を引いて行った。といっても、縄付きではない。連れて来た五人の足軽の中に紛らせて帰ったのだ。みなおなじ腰切の着物に脚絆を巻き、長羽織を着けているので、まったく罪人を引いているようには見えない。ただ、刀だけは取り上げたままだった。

帰る用意の整うあいだ、龍之助は加勢を別間に呼び、品川に行く予定を訊いた。

「かくのごとしでござるよ。なかなか時間が取れず」

加勢は言う。

そこで龍之助は、

「私もいくらか探りを入れましたよ。すると昔の田沼屋敷への奉公云々《うんぬん》はともかく、女将はかなりの年勾配《としこうばい》で、このさき短いのではとのことでござった」

「えっ。まことでござるか」

加勢は驚いたようすになった。

龍之助が磯華のようすを洩らしたのは、加勢の詳しい動きを探る誘い水だった。い

までは、磯華の市女に直接は会っていないものの、その存在が亡き母を偲ぶよすがとなっている。

だが、磯華の話はそこまでとなり、

「近ごろ、松平《うち》の殿はますます短気になられ、われら家臣一同、きりきりとしておりましてなあ」

深刻な表情で、愚痴のようなことを口にした。配下の足軽たちが町場で吝《けち》な悪戯を働くのも、

「屋敷内での憂《う》さ晴《ば》らしかとも思えましてな」

と、不逞足軽に同情的な言《げん》を洩らす。

理由はすぐに分かった。

加勢の一群を伊三次とともに茶店の紅亭の前で見送り、その足で呉服橋御門内の北町奉行所に戻った。

その日の御留書に、神明町の湯屋の一件は記さなかった。加勢をおもんぱかり、

――なかったこと

にしたのだ。もちろん、松平屋敷で件《くだん》の足軽二人がどう処断されたかは、気にはなるが松平家の問題である。

同心溜りでそろそろ帰り支度に入ったころ、与力部屋に呼ばれた。昼間の湯屋の件が、すでに与力の耳に入っているのかといささか気になった。

平野が待っていた。

「なんでございましょう」

と、龍之助が端座の姿勢をとると、平野は文机から胡坐居のまま龍之助のほうへ向きなおり、

「おう、来たか。ま、足をくずせ」

手で示し、

「きょうもお奉行のお供でお城に上がったのだが、なにやら城全体がぴりぴりとしておってなあ」

加勢とおなじようなことを言う。だが表情は、対照的で含み笑いをしていた。

「なんでございましょう」

「ふふふ。鬼頭、おめえ、お手柄だぜ」

「えっ」

解せぬ表情の龍之助に、平野は伝法な口調でつづけた。

「おめえが松平屋敷の足軽大番頭から託《たく》された書付の内容よ。お奉行がさっそく柳営

で仕事をなされてなあ。老中首座の松平定信さまが幕閣に諮《はか》られるまえから、周囲はほとんど、庶民の日常を圧迫し、世の停滞をもたらすばかり、と撥《は》ね返す意志を固められてのう。実際、そうなったらしいのだ」

「ほう」

龍之助は声を上げ、胡坐のままひと膝まえにすり出た。

これまでなかったことだ。従来なら諮問といっても名ばかりで、いったん定信の口から出ると、それは即法度となって新たな御掟《ごじょう》が町触されていたのだ。ところがこたびは、定信が華美な着物と女髪結の停止《ちょうじ》を口にするなり、

「――あいや、待たれよ」

と、幕閣の口々から出たというのだ。

定信は驚いたことだろう。

だが老中首座として、いったん口にしたものをハイそうですかと引っ込めることはできない。その押し問答がいまだにつづいているというのだ。すなわち幕閣たちの、定信の専横への反発が始まったのだ。

「柳営でそれの口火を切られたのが北町《うち》のお奉行でなあ、その基《もとい》となったのが、おめえのもたらした定信公の書付というわけだ。あはは」

平野与力は上機嫌だった。

なるほど加勢が言った、定信が屋敷でも〝ますます短気になられ、家臣一同きりきりして〟いるのも、それが原因のようだ。

その加勢充次郎から、岩太を遣いに会いたいと申し入れてきたのは、夏もいよいよ盛りとなった皐月《さつき》（五月）に入ってからすぐだった。

もちろん場所は甲州屋で、午《ひる》に近い時分だった。

いつもの裏庭に面した部屋で、廊下の障子を開け放し、人影のない庭からときおり入って来る風が涼しく心地よい。左源太と岩太は別部屋でまた世間話に時を過ごしている。

加勢の話は夏の風のように、心地よいものではなかった。その逆だった。

「先月、貴殿から引き渡してもらった足軽二人のう。その日のうちに殿の即断にて、斬首じゃった。わしは放逐くらいで済ませたかったが、聞き容れられなかった。家臣の不逞に殿は、烈火のごとくお怒《いか》りになってのう」

「ほう、また馬譲でござったか」

龍之助はうなずいた。定信の短気を思えば、考えられない処断ではなかった。

それにしても斬首とは、前のように現場で処断するのとは異なる。足軽といえど二本差しの武士である。町人とは異なり武士が不始末を犯せば、みずから自裁《じさい》する……すなわち切腹が順当とされている。自裁できない者に対し、お上が代わって処断するのが斬首であり、武士にとってこれほど屈辱的なことはない。

「それもよう、殿は加勢さまに、直接首斬りをお命じになられてよ」

別部屋で、岩太もその話をしていた。

「それだけじゃねえぜ」

岩太は言った。

足軽はむろん、屋敷にいた者は腰元も士分の者もすべて庭に集められ、その中で刑が執行されたという。その瞬間の、腰元たちの悲鳴が聞こえてくるようだ。

「しかもよ……」

岩太の言葉はつづいた。

「庭の隅によ、三日間のさらし首よ」

「てめぇんちの庭で！」

左源太は驚きの声を上げた。

「この季節だ。三日もすりゃあ臭《にお》ってくらあ。近くを通るだけで鼻をつまんだもんだぜ。もちろんいまはかたづけられているがよ。屋敷内じゃ、殿はもう正気じゃねえってみんなが言っているぜ」

「そりゃあ正気たあ思えねえ」

左源太はその場を想像し、顔をしかめた。

庭に面した部屋では、そこまで生々しく語られることはなく、

「ご家老が全藩士と女中衆、中間、下僕、婢女《はしため》にいたるまで、他言一切無用と厳しく箝口令《かんこうれい》を敷かれてのう」

加勢が眉間に皺を寄せて言うので、龍之助はそのさきを訊かなかった。あとで左源太から聞くだろうが、ここまで常軌を逸した所業は、すぐに外へ洩れてもおかしくない。だが、これまでそのような話は一切聞かなかった。松平屋敷の者はすべて、戦々恐々とし屋敷内で口にするのさえ恐怖を感じ、その意味からも箝口令が効いているのかもしれない。

「殿がことさら短気になられたのは、ほれ。先日の書付……」

「北町《うち》の奉行は目をとおされるなり、一読火中にされた」

「かたじけない。それが奏功したのであろう、柳営でも殿を諫《いさ》めるお人らが増え、屋敷内でも重役たちはことごとくあの御掟《ごじょう》に反対され、それからなのじゃ。殿が些細な

ことでも額に青筋を立てるようになられたのは。戦国の世の織田信長公でも、こうまで短気にあらせられなんだろうに」

加勢はひと息つき、

「あのような御掟を触れ出せば、世の中がますます停滞し、諸人の恨みも倍加することに、殿はまったくお気づきになられぬ」

と、大きくため息を洩らした。

龍之助は無言で加勢を見つめ、

(まっこと忠義の士よのう、加勢どのは。お家の行く末を案じ、犬垣どのもそうなのであろう)

思われてきた。

しばし沈黙のあと、

「して、きょうの趣《おもむき》は？」

問いを入れた。愚痴をこぼすために、わざわざここへ呼んだのではあるまい。

「それよ」

加勢は本題に入った。

「殿の怒りが、それがしにまで及びましてなあ」

「えっ」

「殿はああ見えても現金なところもござって、二度までも不逞な足軽を町方に持って行かれずに処理したことは重畳《ちょうじょう》と、殿からお褒めの言葉をいただいた。貴殿のおかげだ。礼を言いますぞ」

加勢は軽く頭を下げ、

「例の〝隠し子〟の件でござる。きつく言われましてなあ」

「ふむ」

龍之助は合の手を入れ、あらためて加勢を見つめた。

「——子を孕《はら》み、宿下がりをした腰元と、おなじ時期に屋敷に奉公していた女を探し出してございます。品川宿の磯華なる料亭の女将でございます」

加勢は次席家老の犬垣伝左衛門に報告したという。

「殿からの下知は、二人そろって受けましてなあ」

加勢はつづけた。

「——その者を小伝馬町《こでんまちょう》の牢に引き、きりきりと白状させよ」

定信は命じたという。まさしく正気の沙汰ではない。罪人扱いだ。

当然、正気の犬垣も加勢も、牢に引く理由がないことを申し立てたという。すると定信は言ったというのだ。

「──田沼の屋敷に奉公していたなら、そやつの料亭は驕奢《きょうしゃ》に過ぎ、女中たちの着物も華美であろう。若年寄に命じ、町奉行所に引かせよ。ただし吟味は加勢、おまえがするのじゃ。伝左衛門、おまえから若年寄へさように申し入れよ。町奉行所のやり方は手ぬるいゆえと申してのう」

（めちゃくちゃだ）

龍之助は憤《いきどお》りを覚えた。それにお甲の診立《みた》てでは、老女将の市女を牢に入れたなら、三日と持つまい。環境の劣悪な牢内では、衰弱した者が死ぬのは冬場より夏場のほうが多いのだ。

犬垣と加勢は算段した。奉行所が捕え、松平屋敷の者が秘かに尋問するなど、いかに老中首座の申し入れとはいえ、若年寄も町奉行も承知すまい。すでに女髪結と華美の着物のご停止を撥ね返した前例があり、その確執がいまもつづいているなかに、町奉行所の白洲《しらす》への介入を拒絶されたなら、定信の威信はますます墜《お》ちるだろう。

「ご家老は、まあそのうちにと申されてな。で、そなたさきほど磯華の女将は老いさき短いと申されたが、その具合のほどは……」

「直接会《お》うたわけではないゆえ、詳しくは知りもうさぬ。なれど、なにゆえさようなことを」

「そこよ。詳しいようすを知りたくてのう」

と、加勢は龍之助がみずからその役を買って出るのを期待するように言い、

「それにのう鬼頭どの」

深刻な表情になった。

龍之助はその表情を見つめ、

「まだ……なにか」

「そなたもご存じのように、これまで質素倹約の御掟に触れて切腹、お家断絶となった旗本も少なくない。それら遺族のなかには松平《うち》の殿を逆恨みし、仇《かたき》と狙う不届きな輩《やから》もいると聞いております。なにかそうした動きを、奉行所はつかんでおいでではないか」

「それは……」

龍之助は返答に窮した。

噂には聞いている。だが、具体的なものではない。それに、

（いっそう、討たれればよい）

と、秘かに思っている。

「いずれ耳にはさんだなら、ご連絡いたしましょう」

「よろしゅう頼みますぞ」

加勢はまた一礼した。

いよいよお家の役務に翻弄《ほんろう》されようとするなか、加勢は品川の磯華にも本腰を入れようとしている。

(まずい)

龍之助の心ノ臓は、ふたたび大きく打ちはじめた。

四　最後の戦い

一

暑い。ことさらに暑い。

皐月《さつき》（五月）に入ってから、夜も蒸す日がつづき、中旬が過ぎ下旬になっても一向に衰える気配がない。カラスがカアと鳴けば、もう全身に汗がにじんでいる。

「この気色、がまんできねえ」

と、湯屋に飛び込むのは左源太ばかりではない。

「へい、枝がさわりやす」

と、柘榴口《ざくろぐち》をくぐると、

「あら、その声。左源太さんじゃないの。こっちへ近づかないでよ」

湯音のなかから聞こえたのは、割烹・紅亭の仲居の声だった。

「てやんでえ、誰が近づくかい」

「あら、きのうは洗い場でぶつかってきたじゃないの」

と、その声は茶店・紅亭の茶汲み女だった。男湯の時間帯なのに女客のほうが多い。

刻切りも日切りも、

「かまっちゃいられない」

日々なのだ。

松平家の足軽たちも〝馬謖《ばしょく》〟とさらし首が効いたか、町場で強請《ゆすり》などしなくなったが、外に出れば湯には日切りも刻切りも関係なく浸かっている。監視のためではない。汗を流すためだ。あるいは寺社の境内の木陰で午睡《ごすい》を決め込んでいる。

加勢充次郎がそこを追及することはなかった。厳しく仕事をさせれば、こんどこそ町人一揆のような揉め事が起こるかもしれないからだ。

松平定信のご政道は、すでに破綻《はたん》している。

しかし、定信は老中首座である。下知《げじ》したことは、実行されねばならない。

午過《ひるす》ぎだった。割烹・紅亭の玄関に飛脚が走り込んだ。

「へいっ、品川の磯華《いそはな》からでございやす」

言いながら飛脚が文箱《ふばこ》から取り出し、差し出した封書の宛名は、

――割烹紅亭　若女将《わかおかみ》　お甲さま
であった。

「ふーっ」

お甲は安堵の溜息をついた。

差出人は磯華の、あの女中頭だった。飛脚でよかった。もし女中頭が駕籠を駆って直接来ていたなら、お甲を〝若女将〟に仕立てる道具立てはできていない。

奥の自分の部屋に戻り、ともかく封を切った。

――一読火中
冒頭に記されている。先月、女中頭が割烹・紅亭を訪《おとな》ったとき、

「――しばらくは連絡を取り合わぬほうがよろしいかと」

お甲は言い、女中頭も承知した。〝なにか重大な変化があれば、すぐお知らせいたします〟とも言った。

だから直接来ることを避け、文《ふみ》にしたのだろう。〝なにか重大な変化〟があったに違いない。

読み進んだ。

すぐだった。

「女将さん、ごめんなさい。ちょいと出かけてきます」

本物の女将に声をかけ、お甲は黄色い帯の仲居姿のまま紅亭を飛び出した。きょう龍之助が加勢充次郎の要請を受け、左源太をともなって献残屋の甲州屋に行っていることを知っている。

甲州屋では、すでに昼の膳に入っていた。

表面上は、なごやかに見える。

だが、龍之助の心中は穏やかでなかった。

「きのうでした。品川に行きましてなあ」

加勢は話していた。

「会えなんだ」

磯華の大女将・市女《いちめ》にである。

「なにやら警戒しているような。いやいや、それだけではござらぬ。実際、臥《ふ》せっているようでな。年行《としゆ》きを重ねた身で、この暑さでは無理もなかろう。そこでじゃ……」

松平屋敷の足軽が探りを入れ、さらにその上役が市女に会いたいと申し入れたのでは、磯華は警戒するだろう。しかも紅亭の〝若女将〟が、〝さらに探索に長《た》けた家臣が、お客をよそおって来るはず〟と、真剣な表情で注意を促している。それが実際に来たのだ。

加勢はもう配下の足軽はむろん、自分がふたたび磯華の市女に聞き込みをいれようとしても、ただ警戒を強めるだけと判断したのだろう。

「代わりに、なんらかの手段を講じ、探りをいれてくださらぬか。そなたなら聞き込みにも長《た》けていようから」

以前、におわせたことを、こたびは明確に依頼したのである。

「もちろん、この暑さが過ぎ、いくらか涼しくなってからでよい。なにぶん屋敷内で殿に責付《せっつ》かれておりましてなあ。ご家老の犬垣さまも困り果て、このまま進捗《しんちょく》がなければ、ほんとうに〝驕奢《きょうしゃ》〟の濡れ衣《ぎぬ》を着せ奉行所へ引くよう若年寄に頼まねばならぬ、と頭を抱えておいでなのじゃ」

加勢の表情は、哀願に近かった。

膳が運ばれ、箸を動かしはじめてからも加勢の表情はすぐれず、

「とっくにお気づきじゃろが」

龍之助から目をそらせ、独《ひと》り言《ごと》のように言った。

「度を越した私怨から……」

定信は密告を奨励している。屋敷内でうっかり本音を洩らそうものなら、加勢が一転〝馬諼〟になるだろう。

「なにか、手段を講じてみましょう」

龍之助は引き受けた。

（磯華の市女には、記憶をなくしているとして、松平屋敷に関与を諦《あきら》めさせよう）

瞬時、脳裡を走ったのだ。

しかし、あの病的な定信を相手に、

（可能か）

脳裡に、追いかけるものも感じた。

仲居姿のまま紅亭を飛び出したお甲が、甲州屋の枝道へ角を曲がったのは、ちょうど加勢が岩太を連れ暖簾から出てきたところだった。

「あっ」

と、お甲は足をとめ、角に身を引いた。

そのまま数呼吸やり過ごし、ふたたび角を曲がると、加勢と岩太の姿はなく、暖簾を入る番頭の背が見えた。

　ふたたび小走りになり、甲州屋に訪《おとな》いを入れた。

　腰を上げた龍之助はまたもとに戻し、

「どうぞここをそのままお使いくださいまし」

と、右左次郎の言葉に甘え、さっきまで加勢と対座していた部屋へ、新たに三人分の茶が運ばれた。左源太も部屋に呼んだのだ。この三人のときも、右左次郎は気を利かせたか、お茶を運んだ女中以外、廊下にも庭にも人影はなかった。

「ほう。これも一読火中か」

　三《み》つ鼎《かなえ》に座り、お甲から受け取った文を開き、真剣な表情で言った。〝一読火中〟の文字には、さほどの重みがある。

「お甲、じれってえぜ。なにが書《け》えてあるのか、口で説明しろやい」

　言いながら左源太は龍之助の手許に首を伸ばした。

　きのう、松平家の家中と思われる武士が来て、部屋に大女将を呼べと言われたことが認《したた》められていた。市女が臥せっていて断ったことも、いましがた加勢の言ったことと一致している。加勢が聞き込みを入れるのに〝松平家の家臣〟だと名乗ったりするはずはないが、女中頭は慥《しか》と見抜いていた。

そのうえで、いよいよ松平の手がまわってきたことに、
——夏場なれど、大女将ともども妾《わたくし》も背筋の寒くなるのを覚え
同時に紅亭を案じ、松平の探索がどこまで進み、かつての田沼屋敷への奉公がどの
ような禍《わざわい》を及ぼすのか、それを防ぐ方途はないかを、女中頭は問い合わせてきたの
だ。紅亭を訪れたとき、お甲が〝紅亭《うち》のお客さまに、お武家で松平家のご家臣と昵懇《じっこん》
の方がおられ〟と語ったからであろう。さらに詳しいようすを求めている。
お甲が語ったのは嘘でもはったりでもない。〝松平家のご家臣と昵懇の方〟とは、
龍之助その人である。
「ふむ」
龍之助はうなずき、
「で、左源太よ」
「へえ」
「きのう、品川へは岩太も一緒だったかい」
「そう言ってやした。それも、お供は岩太だけで」
武家の作法で中間の岩太は門前で待たされ、座敷でのようすは分からないものの、
帰りに磯華出入りの医者を探し出し、かなりの金轡《かねぐつわ》を喰《は》ませ市女の症状を訊いたと

きには、岩太も一緒だったらしい。

「――そりゃあ、このくそ暑いなかを俺があっちこっち走り、探し出したのだから」

岩太は自慢げに語ったという。

臥せっているのは事実で、それもかなり悪いらしい。それ以上のことは分からなかった。加勢は、仮病かどうかだけ確かめたかったのだろう。向後の聞き込みのことも考えたか、訝《いぶか》られるほど念を押したり喰い下がったりはしなかったようだ。さすがに加勢は探索にも慣れてきたようだ。もし仮病だったなら、加勢は権門風を吹かせ、次席家老をうながしてあるじ定信の下知どおり、市女を濡れ衣で小伝馬町の牢に引く手立てを講じたであろう。

「だから龍之助さまア、どう返事をすればいいんですよう」

「うーむ」

お甲の催促に龍之助は思案顔になり、

「市女さんが座敷に出なかったのでは、鶴の塩鳥の話も出ていまい。なれどその者が四十がらみの角張った顔にて、丸顔の気のよさそうな中間一人を伴《とも》のうた武士なら、間違いなく田沼家ゆかりの者を探索する松平家の家士であり、向後もゆめゆめご油断なきように……と。さらに、各種ご法度への濡れ衣にも用心されたく……とも、認《したた》めておけ」

「へへえ。用心に越したことはありやせんが、寝込んでいるところへその文じゃ、気の病まで重くなっちまいやすぜ」

「いいんですか？　臥せっているお方には、もっと気の休まることを書いてあげたほうが……」

左源太とお甲が言ったのへ、

「相手は松平定信だ。磯華の市女さんは、間違いなく俺の阿母《おふくろ》にゆかりのある人だ。一度、会ってみたいものだ。だからだ、小伝馬町の牢に引かれるようなことは断じてあってはならぬ。そうそう、夏場は松平屋敷も動きが鈍いゆえ、暑さのあるあいだは安心しろと書いておけ」

龍之助は応えた。

このとき、女中頭の文に市女の症状が詳しく書かれていたなら、あるいはきのう加勢が医者にもっと粘り、それを龍之助に話していたなら。対処は変わったかもしれない。文には〝臥せっておられ〟とのみあり、加勢も市女が実際に臥せっているのを確認しただけで引き揚げてきたのだ。

お甲が龍之助の言ったとおりの文を認め、飛脚を紅亭に呼んだのはその日のうちだった。

二

暑い日がつづき、文の件から十日あまりが過ぎた夕刻だった。

「兄イ、まただ！　まただぜっ」

左源太が組屋敷の冠木門に飛び込んできた。

龍之助はいましがた帰り、玄関の板間でウメに腰の両刀を渡したところだった。聞けば左源太は北町奉行所に走り、門番からさっき帰ったと聞かされ、あとを追うように八丁堀に走って来たという。

「どうしたい、全身汗まみれじゃねえか。裏の庭で盥《たらい》の水でもかぶってこい」

「おう、そうさせてもらわあ。そのあいだに、こいつに目を通しておいてくんねえ」

左源太は封書を押し付けるように龍之助に渡すと、

「おう、おウメさん。水はどこでえ」

と、裏手にまわった。

龍之助はまだ明るい縁側に出て封を開いた。確かにまただった。磯華の女中頭から

〃紅亭の若女将〃宛ての文だった。

「うっ」

龍之助はうめいた。

——暑さと心痛により衰弱はなはだしく、医者の診立《みた》てでは明日をも知れず。大女将は田沼屋敷にゆかりのある人にひと目会いたい、と。危険とは存じまするが、急ぎ来ていただけませぬか

市女には、田沼屋敷に奉公に上がっていたころが、ことさらに懐かしいようだ。それを女中頭は汲み取り、お甲に来てくれるよう依頼したのである。

龍之助は、脅かすような文をお甲に書かせたのを悔いた。それに、お甲が〃ゆかりの者〃として行ったのでは、母・多岐と縁のある人を最後まで謀《たばか》ったことになる。嘘も方便では、すまされまい。お甲はそう思い、左源太に相談したのだろう。

「へへ。さっぱりしやしたぜ」

左源太が手拭を手に縁側へ出てきた。

「左源太。あした朝早く品川だ。お甲にそう告げろ。おめえは中間になって俺の挟箱持だ。俺の着ける羽織・袴を今夜中に用意するように言っておけ。さあ」

「へへ。兄イならそうくると思ってやしたぜ。へい、がってん」

左源太は冠木門を走り出た。

「この暑いなかを、また品川ですかね？」

茂市が困ったような表情になった。炎天下に品川まで急ぎ旅は、年寄りには無理であろう。

翌日、挟箱を担いだ茂市を供に、龍之助が組屋敷の冠木門を出たのは、まだ暗いう
ちだった。
「おやおや、こんなに早く」
と、ウメが心配そうに門まで出てきて見送った。
神明町の街道の茶店・紅亭に着いたのと日の出が同時だった。街道にはすでに旅姿
の者やその見送り人たちが出ている。茶店もいま開けたばかりで、縁台も外に出して
いたがまだ客はいない。座っているのはお甲と左源太、それに若い衆を連れた伊三次
だった。お甲は前とはまた別の地味な着物で、左源太は紺看板に梵天帯《ぼんてんおび》の中間姿に一
文字笠をかぶっている。挟箱持はここで茂市と交替だ。
「旦那、きのう陽が落ちてからお甲さんに、中間の衣装と侍の羽織・袴を用意してく
れと頼まれやしたが、いってえ何なんですかい。それもこんなに朝早く」

「ま、御用の筋だ。それ以上は訊くな」

言うと龍之助は茶店の奥に入り、出てきたときは羽織・袴の武家姿だった。

「ほおう、こいつはぴったりですぜ」

と、伊三次が声を上げた。地味な着物のお甲と挟箱を担いだ中間姿の左源太がつづけば、どこから見ても旗本の夫婦とその下僕の旅立ちだ。龍之助は裁着袴《たつけばかま》に塗り笠をかぶり、お甲も道中笠に着物の裾をたくし上げ、杖を手にしている。

「ともかく、道中お気をつけなすって」

伊三次と大松の若い衆に見送られ、東海道を下る旅の武家主従一行となった。伊三次は行く先も用件も、気にはなったが〝御用の筋〟と言われれば、あとは訊かない。これも大松一家の龍之助とその岡っ引に対する仁義であろう。そうだからこそ、賭博停止の世に大松一家が秘かに開く賭場でお甲が壺を振っていられるのだ。

「――阿漕《あこぎ》な真似はするんじゃねえぜ」

龍之助は常に言い、大松一家はそれを守り、お甲は客が大勝ちしない代わりに大負けもしないように、うまく壺を振っている。ときおり一ノ矢の依頼で、増上寺門前の賭場《とば》に出ることもある。ということは、この一帯の賭場も岡場所も龍之助の差配下にあり、だから大きな波風も立たず諸人がほどよく遊べる憩《いこ》いの場となっているのだ。

日の出とともに東海道は往来人に荷馬や大八車が出て一日が始まり、一歩一歩に暑さが増してくる。

武家の作法に沿い、お甲は龍之助のうしろを歩き、挟箱の左源太はさらにそのうしろについているから、歩きながら気軽に話のできないのが不便だ。

高輪の泉岳寺門前の茶店で部屋を取り、ようやく話ができた。

「俺は松平の家臣に昵懇の者がいる旗本で、紅亭の常連客だ。それに市女さんと田沼屋敷に奉公していたころの朋輩《ほうばい》のせがれということを明かす」

「そう、そうしてもらわねば、市女さんにも女中頭さんにも申しわけが立ちませんよう。龍之助さまには、きのうのうちにわたしがつなぎを取り、きょうの仕儀になったということに」

「そのとおりだ。それに左源太にはすまねえが、あとしばらく武家の作法に従ってもらうぜ」

「ま、仕方ありやせんや」

と、ここであらためて役割分担を確認し、ふたたび街道に出た。田町《たまち》を抜け泉岳寺の門前を経て品川宿の街並みに入るまで、街道は片側が袖ケ浦《そでがうら》の海浜となり、町なかを歩くよりいくらかは涼しい。

三人が磯華の前に立ったのは、午《ひる》にはまだかなりの間がある時分だった。訪《おとな》いを入れると、女中頭が恐縮するように出てくるなり、精悍な武士と中間がいるのを訝《いぶか》り、お甲が説明すると驚愕の態で奥へ駈け込み、すぐまた出てきて座敷に招じ入れ、ひと息ついたところで奥へ案内された。この間、左源太は炎天下の外ではないが玄関脇の小部屋で待たされている。武家の作法だ。

市女の横臥している部屋は、開けた障子戸から潮騒とともに海風が入る、涼しい部屋だった。

「これはっ」

お甲は息を呑んだ。市女は横臥し、まえに会ったときよりひとまわり小さくなったように感じられたのだ。龍之助には母・多岐の思い出よりも、ひと目で衰弱していると分かる老婆だった。

医者が枕元についており、意識はまだあるようだ。

蒲団をはさみ医者と対座するように、龍之助とお甲は市女の枕元近くに座した。

「お見えになりました。田沼屋敷ゆかりのお方のご子息と、まえにも来ていただいたお甲さんです」

女中頭が言うと市女はかすかに首を動かし、顔を龍之助のほうへ向けた。

異変はそのとき起きた。

市女は龍之助を見るなり、

「うっ」

うめき声を上げ、しかも頭を枕から起こそうとしながら、

「タキさん！　多岐さんじゃ」

忘れていた名を、不意に思い出したか、

「そなた。名は、名は！」

実際に市女は、龍之助の顔を見て多岐の名を思い出したのだ。

なおもがくようにするのを、女中頭が枕元に膝行《しっこう》し、肩と頭を支えるように手を入れ、医者がうなずくと、

「さあ、女将さん」

と、市女の上体を起こし、横合いから背と首を支えた。

市女は龍之助を見て、

「目と鼻と口のまわりが、多岐さんに、多岐さんによう似ておいでじゃ」

女中頭が気を利かせたか、

「申しわけございませぬ。すこし座を」

「ふむ。あまり長くならぬように」

医者は立ち、注意をしてから部屋を出た。

龍之助はうなずき、ひと膝まえにすり出て、

「名は、龍之助にございます」

「えっ。するとお多岐さん、意次《おきつぐ》さまのご幼名を、おもらいなされたか」

そこまで思い出したか、皺《しわ》を刻んだ顔に懐かしさが滲み出ている。口調も、明瞭ではないが聞き取れ、龍之助との会話が始まった。

「おゝ、そうか。お多岐さんがのう」

いくらか武家言葉になっている。

「さように聞いております」

「おぉ、おぉ。して、お多岐さんは、いま……」

すでに十数年前に世を去ったことを話すと、

「おぉ、おぉ」

市女が上体をかたむけ手を伸ばそうとするのへ女中頭が支え、龍之助はその手を握った。多岐の、いまわの際《きわ》の感触に似ていた。市女は、往時を偲んでいるような表情で、龍之助を見つめている。

「よろしゅうござろうか。無理はいけませぬぞ」

襖の向こうから医者の声が聞こえた。

お甲が膝行《しっこう》し、襖を開けた。

医者と女中頭の二人がかりで市女を支え、そっと寝かせた。市女は話し疲れたか目を閉じ、そのまま寝息に入った。

そっと居間を辞し、客用の座敷に移った。このときは無礼講で、左源太も部屋に呼ばれた。だが、女中頭がいるあいだは、端座で部屋の隅に畏《かしこ》まっている。

「驚きました。この十数日、寝たきりでございましたのに、きょうほど意識がはっきりされ、ものまで言われたのは初めてでございます」

女中頭は心底驚いた口調で言い、

「さようでございますか。あなたさまが、多岐さまとおっしゃるお方の……」

と、まじまじと龍之助の顔を見つめた。

中食《ちゅうじき》には品川沖で獲れた海の幸が出され、女中頭が辞してから、

「へへ。そういやあ兄イ、ご母堂に鼻と口元が似ていやすぜ、目元も」

左源太は膳ごとにじり出て三人鼎座《ていざ》となり、龍之助をあらためて見つめた。龍之助が芝一帯で与太を張っていたころ、その弟分として幾度か芝二丁目にあった一軒家に

も御供をし、多岐に会っている。

「わたしゃ、きょうはまったく脇役でしたよう。でも、龍之助さまには意義深かったような……」

「うむ。意義深かった」

神妙な表情で龍之助は返した。

帰りは泉岳寺などにお参りし、神明町の割烹・紅亭でひと息入れたのは、太陽が西の空にかなりかたむいた時分になっていた。

その五日後だった。

飛脚がまた紅亭の玄関に走り込んだ。果たして磯華の女中頭から〝若女将〟のお甲宛ての封書だった。おりよく龍之助が奥のお甲の部屋に来ているときで、左源太も一緒だった。お甲は急いで部屋に戻り、

「また」

と、いくらか蒼ざめた表情で、封書ごと龍之助に渡した。

「ん？」

と、受け取った龍之助も、さらに左源太も、瞬時脳裡に不吉なものを走らせた。あ

のときの市女のようすを思えば、無理もない。

龍之助は急いで封を切った。

案の定だった。市女の他界を知らせてきたのだ。

しかも息を引き取ったのは、三人が磯華を訪れた日の夕刻というではないか。女中頭の、お甲と龍之助への配慮がうかがえる。葬儀をすべて終え、一段落ついてから筆を取ったのだ。

文にはあの日、会いに来てくれたことへの感謝が縷々《るる》述べられ、

――おかげさまで安らかな死に顔にて
と、記されていた。


翌日、龍之助は甲州屋の裏庭に面した部屋で、加勢充次郎と相対していた。

「えっ、六日前に死去⁉」

龍之助の話に加勢は絶句した。

「私も驚きました。なにか聞き出せることはないかと、客に扮して行ったのですが」

「また振り出しに戻りましたなあ」

加勢は肩を落とし、

「四十年以上も昔の話なれば、土台無理なことなのかもしれぬ。それも私怨から……」

「定信公には、お諦《あきら》めになるごようすは……」

「ないゆえ、困っておるのじゃ」

言いながらも、加勢はホッとした表情を見せた。

せっかく見つけた隠し子探索の糸口が消えたのは残念だが、私怨から老婆を濡れ衣で牢に入れるなど、松平家に汚点を残すばかりだったが、これでそれを免れたのだ。

「それよりも鬼頭どの」

ひと膝まえにすり出た。

「奉行所では、不審な浪人への探索は進んでおりませぬか。ちかごろ、上屋敷の近くをうろつく怪しげな者がよく目につきましてなあ」

「幸橋御門内の上屋敷でござるか」

龍之助は逆問いを入れた。江戸城の外濠御門内は昼間は往来勝手だが、浪人の入城はご法度になっている。だが、浪人だからといってすべてが百日髷《ひゃくにちまげ》で洗いざらしの着物に筋目のくずれた袴《はかま》を着けているわけではない。月代《さかやき》をきちりと剃った髷《まげ》に折り目のついた袴を着け、一見《いっけん》旗本やいずれかの藩士と見分けのつかない浪人もいる。門番は往来人にいちいち家名と姓名を訊くわけではない。

つぎからつぎへと出る法度に合わせられず、町場に妾《めかけ》を囲《かこ》っているのが発覚して切腹を命じられた旗本もおれば、町場の湯屋で刻切りを間違って咎《とが》められ刀を抜き、これも切腹を命じられたが逃走した小旗本《こっぱたもと》もいる。

法度の元凶である松平定信への怨念は、町人だけではない。武士であれば、報復に定信のお命頂戴とすきを狙っても不思議はない。

時を経るにつれ、その数は増えている。

「お奉行はときおり下知されておる。町場で不逞な浪人者にも気をつけよ、と」

「ときおりでござるか。隠し子の探索より、喫緊《きっきん》の課題なのだがなあ」

加勢はいかにも疲れたといった表情になった。

三

月は水無月《みなづき》（六月）に入り、暑さはいくらかやわらいでいる。

北町奉行所では、与力と定町廻りの同心一同が大広間に集められた。

朝、出仕したとき、定廻りに出る者も微行の者も、午後には奉行所に戻っておくようにとのお達しがあった。奉行から重要な下知があるというのだ。

「また新たなご法度ですかねえ」

同心溜りで溜息をつく者がいた。それを非難する声はなく、

「さよう。華美な衣装の取締りに女髪結の停止は立ち消えになったというのに」

と、同調する声はあった。

「集まれ」

奉行の部屋から声があったのは、太陽が西の空にかたむきかけてからだった。

平野与力は奉行の横で同心たちと向かい合うように座している。

「本日、柳営で若年寄から老中首座の松平定信さまのご下命として……」

奉行は冒頭から、それが松平定信からの下命であることを強調する言い方で話しはじめた。このとき平野与力の口元がゆるんだのを、龍之助は見た。

近ごろ市中には無宿人が増え、

「加えて不逞《ふてい》浪人も町々に跋扈《ばっこ》し、いささかも挙動不審の者があれば、これを厳重に取締るべし……とのお達しじゃ」

奉行は最後まで、それが自分の意志ではないといった言いようだった。

なにをもって〝挙動不審〟と看做《みな》すか曖昧《あいまい》だ。

だが、同心たちはその曖昧さを解した。

(定信公を恨み、お命を狙っている)

者が少なくないことを同心たちは知っているのだ。

同心溜りに戻り、帰り支度をしながら言う者がいた。

「町方のわれわれに、ご自分のお命を護れとのことでしょうかねえ」

やはり、この見方にも非難する者はおらず、

「そうでしょうなあ」

同調する声は、龍之助だった。先日の加勢充次郎の言葉を思い出したのだ。

「――上屋敷の近くをうろつく怪しげな者」

加勢は言っていた。話は噂だけでなく、どうやら現実のようだ。

帰り、平野与力に呼びとめられた。

また廊下の隅で立ち話だ。

「おめえ、松平屋敷の知《し》る辺《べ》になにか言わなかったかい。ご老中が若年寄とお奉行に、町方に喝《かつ》を入れよと申されたのはきのうだぜ。それをきょうもまたなあ。おめえらも気づいただろう。つまりご老中は……」

平野与力は声をひそめ、

「怯《おび》えてなさるのさ。近ごろ、女髪結の件みてえに、ご自分の下知が法度にならねえこともあったしなあ」

「短気にもなりなさっているそうで」

「やはりおめえ、なにか言いやがったな」

「いえ、まあ」

「で、おめえ、どうする」

「なにをで？」

「ふふふ。それを俺に言わせるのか」

「やあ、平野どの。まだお帰りじゃなかったのですか」

他の与力が通りがかり、声をかけてきた。

平野与力との話はそこまでだった。

迎えに来た茂市を随え、いつもの帰り道に歩を踏みながら龍之助は考えた。

（さきほどの平野さま……）

もし、定信を狙う者がいたなら、捕えるか、それとも、見逃すか……。

「ふふふ。俺なら、けしかけやすぜ」

口の中でつぶやいた。

うしろから茂市が、

「え、旦那さま。なにかおっしゃいましたか」

「いや。なんでもない」

龍之助は前を向いたまま返し、歩を速めた。あらためて、さきが見えてきたような気になったのだ。

四

「もう、公事がとどこおって、たまりませんなあ」

「さよう、さよう」

と、奉行所の中で同心たちの声が聞かれない日はない。日常の細部にまでわたるさまざまな法度の取締りに忙殺されるなか、奉行所に持ち込まれる公事が減ったわけではない。逆に増えている。そこへ浪人者への監視が加わったのだ。

町内で見知らぬ浪人を見かけ、あとを尾《つ》けた岡っ引がなんの真似だと脅され、震え上がって自身番に逃げ込むなどといった事態も起こっている。

そうしたなかに暑い夏が終わり、秋が来て冬となり年があらたまろうとするころ、隠売女や賭博停止の法度は、あちこちでほころびが目立ちはじめていた。

赤坂で大規模な賭場が開帳され、そこへ捕方が踏み込み町の与太や客たちが大勢捕縛された事件があった。このときは龍之助も助っ人《すけと》で駆り出された。赤坂は外濠の城門外に広がる町場であり、成果は大きかった。日の入りに城門が閉じられてから、御門内にそれぞれ捕方を引き連れた同心が集合し、土地《ところ》の岡っ引が探りを入れ、丁半が始まりしばらく経てから城門を開け、どっと繰り出し賭場《とば》を包囲してから打ち込んだのだ。城内に待機するのだから人目に触れることはなく、打ち込まれたほうはまったくの不意打ちで逃げることはできない。赤坂近辺の旦那衆がかなり捕縛され、数日後には赤坂で暖簾を閉じた商舗がかなりあった。丁半といえど重罪で、遠島や闕所《けっしょ》（私財没収）のうえ江戸追放になった旦那衆が多かったのだ。

年の瀬の寒空に、これがおこなわれたことの衝撃は大きかった。

ゆるみかけた人心がふたたび引き締まるのではなく、萎縮したなかに寛政四年（一七九二）が明け、まだお屠蘇《とそ》気分の残っているころだった。お屠蘇気分といっても、田沼時代とは異なり、松平時代になってからは松飾りも小さくなり、町なかでの三河《みかわ》万歳《まんざい》や神楽《かぐら》やお福《ふく》さんの大道芸人を見かけるのも少なくなっていた。

法度の箍《たが》がゆるみかけ、今年はまともな正月が迎えられるかと諸人が期待を持ったなかに、その後の芋づるもあって死罪十人を含む百人近くの処断があったのだから、去年よりも増してしめやかな幕開けとなった。

割烹・紅亭の座敷に、大松の弥五郎と伊三次、一ノ矢の矢八郎と又左の顔がならんでいた。当然そこには龍之助と左源太、お甲の顔もある。

「どうしてですかい、いきなり」

大松の弥五郎は訊いた。伊三次も一ノ矢も又左も、龍之助を凝視している。貸元一家には、これがきょうの集まりの目的だった。

「つまりだ、原因は二つある」

龍之助は応えた。

赤坂の賭場が派手に動きはじめたのは、去年の夏の終りごろからだった。

「松平の足軽さんたちゃあ、一応仕事はしていたってわけさ。赤坂に賭場が開帳されているのに、奉行所は取締っていねえと、北町《うち》のお奉行が柳営で若年寄から叱責され、そこへ奉行所に密告《さ》した野郎が幾人かいてなあ。それで一網打尽とその後の芋づる式の大捕物となったわけさ。誰が密告した？　そんなの俺が知るかい。他所《よそ》さまの定廻りの町だからなあ。おめえらの渡世でいやあ、縄張《しま》の外ってことだ」

「もう一つは？」

又左が身を乗り出して訊いた。賭場の手入れは、貸元一家には死活問題だ。

「さっきも言ったろう。密告した野郎がいたって」

「へえ」

「つまりだ。阿漕《あこぎ》な賽子《さいころ》を振って、幾人もの客から身ぐるみを剝ぎやがっていたのさ。借金までかぶせてなあ。密告したのは、そいつらだろうよ」

「くそーっ。下手な稼ぎをしやがって」

憤慨するように言ったのは伊三次だった。

「分かったかい。おめえらも、客に楽しんでもらう賭場から外れやがったら、俺が踏み込むぜ。お甲、そうならねえように、賽《さい》の振りかたを間違うんじゃねえぞ」

「分かってますよう」

「あっしら、この首をかけても阿漕なことはしやせんぜ。そこんとこの調整は、全部お甲さんに任せておりやすから」

「そうよ。お甲め、きのうなんざ、俺にまで一朱金一枚、損させやがったからなあ」

伊三次が言ったのへ左源太が悔しそうにつづけ、座に笑いをさそった。

神明町と増上寺門前町では、龍之助の差配でうまく法度をくぐりぬけているのだ。

だからといって、それらの町でときおり開帳される賭場で、身ぐるみ剝がれる者もいなければ借金をこしらえる者もいなかった。客はいずれも大負けも大勝ちもせず、適度に緊張し、満足して帰っていくのだ。だからこの界隈で遊んで、理不尽な借金から苦界《くがい》に身を落とした女や、博打で身上《しんしょう》をかたむけた者はいない。だから密告《さ》す者もいないのだ。

「それになあ」

龍之助はさらに言った。

「以前にも言ったが、おめえらの縄張内に、出自《しゅつじ》のすっきりしねえ浪人が住みついていたら教えてくれ。理由《わけ》はこの前も言ったとおり、縄張内《しまうち》の者で老中さまに段平《だんぴら》を振りまわすやつがいたんじゃことだからなあ」

「それなら去年話しやしたとおりで、新たに住みついた者《の》はいやせんぜ」

大松の弥五郎が言ったのへ、一ノ矢もうなずきを入れた。

これまで大松一家も一ノ矢一家も幾人か知らせてきたが、いずれも十年以上も前からの浪人で、寛政の改革が始まってからの浪人ではなかった。

「いいか。新たな浪人がいても、俺に知らせるだけでおめえらは決して手を出すんじゃねえぞ。俺には俺のやり方があるからなあ。ま、そのときはおめえらの手を借りるかもしれねえが、勝手に動いてもらっちゃ困るってことだ」

「なにを考えなすっているのか知りやせんが、そうさせてもらいまさあ。それにしても松平の殿さん、屋敷を出なさるときにはものものしい警戒ぶりと聞きやすが、ほんとうなんで？」

「ほんとうだ。俺も幾度か見たが、幸橋御門内の屋敷から内濠《うちぼり》の大手門まで行く短いあいだも、馬廻《うままわり》の家士が刀をすぐ抜けるように、鯉口《こいぐち》を切った状態で駕籠のまわりを固めてござる」

〝ござる〟などと武士言葉を使ったのは、定信の警戒ぶりへの皮肉である。浪人でも身なりをととのえておれば、簡単に外濠の御門は出入りできる。もし外濠の内側で老中首座の駕籠が襲われたなら、そこも城内である。定信一人ではなく、幕府の権威失墜につながる。

松平定信が異常な警戒というより、仇討ちのような刺客を恐れていることは、すでに江戸中の評判になっている。奉行所の同心から町場にながれたのだろう。

そのように明けた寛政四年は、新たな法度が出されることなく、ときおり賭場や岡場所や夜鷹《よたか》への大掛かりな打込みが演じられた。奉行所も松平家の足軽たちも、定信の逆鱗《げきりん》に触れぬよう、仕事をしていることを示すためである。

〝田沼意次の隠し子〟の探索が振り出しに戻ってから、加勢充次郎と会う回数は少なくなり、

「おや。これはお珍しい」

と、甲州屋右左次郎が言ったのは、寛政四年が明けてから初めての訪《おとな》いとなる夏のころだった。きのう、加勢のほうから会いたいと八丁堀の組屋敷に岩太を遣いに寄越してきたのだ。会うのはまた、いつもの午《ひる》に近い時分だった。

その日、龍之助のほうが早く甲州屋に入り、加勢の来るのを待った。

「いやあ、鬼頭どの。待たせて申しわけござらぬ」

と、部屋に入ってきた加勢を見て驚いた。

「そのお顔は、いや、包帯は！」

龍之助はとっさに、定信を襲った者がいて加勢が斬り結んだかと思い込み、

「いずれでさような！　松平さまが襲われたなどの噂は聞いておりませぬが」

「あはは、この傷でござるか。さような派手な話ではありませんわい。内輪のことでござって、言うも恥ずかしながら、きょうはちとそのことでしてのう」

加勢は自嘲気味に言った。以前にも額《ひたい》に傷をつくっていたことがある。

龍之助は首をかしげた。内輪のことで、鉢巻《はちまき》のように包帯を巻いている。

「おとといのことでござった。上屋敷でご家老の犬垣さまと一緒に、殿の中奥の部屋に呼ばれましてな。そこで脇息《きょうそく》を投げつけられ、このありさまですわい」

「えっ。定信公が脇息を？　また、なにゆえ」

座ったとき、もたれるように肘《ひじ》を乗せる台である。角がまともにあたれば、かなりの傷になるだろう。

「ほれ、意次公の隠し子の件なあ」

「まだあきらめておいでではない？」

「むろんじゃ。その後の探索はどこまで進んでおる、と……」

「お問い合わせになられたか」

「さよう。去年、ゆかりの者と思われる老婆の死去以来、新たな手掛かりがなく……と、申し上げると」

「——なぜあのとき、わしが言うたとおり、生きているうちに牢へ引かなんだ！」

と、定信は脇息を投げつけたというのだ。

磯華の市女が死んだのは、定信が牢に入れてでも吐かせよと命じてから間もなくのことだ。いままた、実行しなかったことを責めている。衰弱し、死にかけていた老婆を濡れ衣で牢へ……。それに、老いた市女に心痛を深めさせたのは、龍之助に関わることはいえ、定信の私怨が原因ではないか。そのあまりにもの身勝手な執念に、龍之助は新たな憎悪の念を滾《たぎ》らせた。

　それを顔には出さず、

「そういえば、品川の婆さんが死んだのは、ちょうど去年のいまごろでしたなあ」

「そうじゃった。だから殿はその後の進捗《しんちょく》をお訊《たず》ねになられたのじゃ。もちろんこれまでも、おりにふれては催促されておいででしたがのう。そこでじゃ、鬼頭どのにはなにか手がかりになるようなものは、つかんでおいでではないか。どんな些細なことでもよいのじゃが」

「ありませぬなあ。数々のご法度に、また浪人者の探索が加わりましたゆえ、なかなか手がまわりませぬ。もちろん、気にはとめておりますが」

「おぉ、それそれ。隠し子の手がかりもさりながら、きょうはその浪人者のことも話したいのじゃ」

　加勢はひと膝まえにすり出た。

　以前加勢は、不逞足軽が悪戯を働くなら、逃げ帰りやすいように幸橋御門に近い町と予測して的中させたように、こたびも定信公を狙う浪人者がいるとすれば、幸橋御門に近く、住人の出入りが頻繁な寺社の門前町、すなわち、

「増上寺門前か神明宮門前あたりかと目算しましてのう」

不逞足軽のときはまぐれ当たりの感がするが、こたびは理に適《かな》っている。

龍之助がいっそうの探索を約束すると、

「いやあ、その一帯が鬼頭どのの定廻りの範囲でようござった」

と、この日は終始渋面《じゆうめん》であった加勢が、初めて安堵の表情を見せた。

帰り、加勢は深編笠をかぶって顔を隠していた。

左源太が言った。

「へへへ。松平屋敷の人間どもめ、殿さん以上に苛立《いらだ》っており、加勢さんのあの傷、殿さんに脇息で殴りつけられたそうですぜ。しばらく血が止まらなかったとか」

なるほど投げつけるよりも、殴りつけるほうが傷は深くなるだろう。いかにも短気で直情的な定信らしい。

「定信公の短気は、ますます増しているようだなあ」

「ははは。そのようで」

左源太は職人姿で挟箱を担いでいないから、二人は横ならびに話しながら神明町への歩を取った。

大松の弥五郎と一ノ矢に会うためだ。この二つの門前町のことは、この二人に任せておけば効率のよい仕事ができる。そのために龍之助は、理に合わない各種の法度から、土地の貸元一家を守ってやっているのだ。

五

外濠城内でも、松平定信の行列が厳重をきわめていることは、町場以上に評判となり、

「へへ。きょうも朝湯で、町のみんなが言ってやしたぜ。松平の殿さんがお濠から一歩も外に出ねえのは、襲われて殺されるのが怖いからだろうってよう」

「そう。わたしも聞いた」

龍之助に左源太が話せば、お甲も言った。

事実だ。定信は衣装の浮華取締りと女髪結の停止が周囲からつぶされて以来、憤激も重なって外濠の城内から一歩も外に出たことがない。

「市中のようすを知ろうともしない」

噂は城内にながれ、加えて屋敷から大手門までの行列にも、いつでも戦えるように刀の鯉口を切った家臣団が周囲を固めているのでは、

——将軍家へ謀叛《むほん》の意あり
大名家や幕閣、旗本のなかから声が出るのも当然だった。

だが十一代家斉《いえなり》将軍の信任が篤ければ、その政治基盤の揺らぐことはなかった。

しかし人心は、とっくに定信から離れている。

定信もそれに気づきはじめた。町場の噂が屋敷にながれていたのだ。町方監視のため、町場に出ている足軽たちがもたらしたのだ。

「怯《おび》えてなどおらぬぞ。よし、城外に出てわしの意気軒昂《けんこう》なところを見せてやる」

上屋敷で定信が言いはじめたのは、寛政四年も暮れに迫ってからだった。

選んだ場所は、愛宕山の愛宕神社だった。

諸大名にも幕臣にも、また町人たちにも、定信の〝意気軒昂〟を示すには最適の地だった。幸橋御門からは近く、神君家康公が慶長八年（一六〇三）にこれから開発、整備する大江戸のため、火災予防として京より火産霊命《ほむすびのみこと》を勧進《かんじん》して建立された神社だ。それに三代家光《いえみつ》将軍のときだった。増上寺参詣に向かう家光公の行列が愛宕下を通り、石段上の梅の花を見て、

『誰かある。馬で駈け登り、あの梅の枝を取って来よ』

命じたが六十八段もある石階《せきかい》があまりにも急で、馬上の武士たちは下を向いて応じ

る者がいなかった。そこへ曲垣平九郎《まがきへいくろう》なる讃岐丸亀《さぬきまるがめ》藩の家臣が進み出て見事に乗馬のまま駈け登り、梅の枝を折ってきた……という逸話がある。

爾来《じらい》、この六十八段の石階は〝出世の石段〟と呼ばれ、武士にも町人にも参詣する者が多く、さらに山上の境内からは江戸湾とお江戸の町が一望のもとに見わたせ、江戸名所の一つとなっている。

そこに参詣すれば、もちろん徒歩《かち》だが、

（怯えてなどおらぬぞ。わしは健在じゃ）

と、広く世に示すことはできるだろう。

だが、石段の両脇は急峻な山林であり、樹木が生い茂っている。

「大丈夫であろうか」

額に傷跡が残る加勢充次郎は甲州屋で、龍之助に懸念の表情で訊いた。

龍之助は応えられなかった。幸橋御門からの道筋となる愛宕下大名小路は武家地であり、愛宕山は全域が寺社奉行の管掌《かんしょう》で、町方が役務で立ち入ることはできない。それでも龍之助に相談するのは、町場の浪人者の動きが心配になってのことであろう。

龍之助は逆に問い返した。

「いつごろでござろう」

すでに年の瀬である。正月になれば将軍家には年初めの行事が連日つづく。それは元日の譜代大名たちによる年頭之御祝儀《ねんとうのごしゅうぎ》から始まり、一段落がつくのは弥生（三月）の京からの勅使下向《ちょくしげこう》と長崎出島からの紅毛人《こうもうじん》参上謁見《えっけん》を終えたころである。老中首座ともなれば、諸行事のほとんどすべてに同座しなければならない。

「弥生の下旬ころになりましょうか」

加勢は応えた。

寛政五年（一七九三）が明けた。

「いつまで続くんですかい、こんな湿っぽい正月は」

「動くぞ、今年は。動かねばおかしい」

神明町の割烹・紅亭で、大松の弥五郎が屠蘇《とそ》の酒を飲みながら言ったのへ龍之助は返し、あらためて弥五郎と一ノ矢に、不審な浪人者への注意を頼んだ。加勢の言った愛宕神社参詣が気になるのだ。

如月《きさらぎ》（二月）に入ってからすぐだった。

左源太が北町奉行所に来た。大松の弥五郎と一ノ矢の用事らしい。

「よし」

急いだ。

外濠城内に歩を取り、松平屋敷の前を通った。怪しい人影はない。そのはずだ。この時分、定信は柳営に出仕している。

外濠城内や愛宕下大名小路では、左源太が挟箱を担いでいなくても、やはり武士と町人が横ならびに話をしながら歩くことは気が引ける。うしろについている左源太の足音に、なにやら話したくてうずうずしているのが感じ取れる。

紅亭で、お甲の部屋だった。伊三次も又左も来ている。

果たして〝怪しい浪人〟の件だった。

「伊三次、おめえから申し上げろ」

「へい」

町場を常に歩き、住人や往来人、商舗の動きに最も詳しいのが、貸元よりも代貸のほうである。伊三次につづいて又左も語った。

神明町に二人、増上寺の本門前二丁目に三人、今年に入ってから奇妙な男たちが木賃宿《ちんやど》に入り込んだというのだ。

神明町の二人は、表向きは二本差しとその下男のようで、もちろん浪人者だがそれほど尾羽《おはう》打ち枯《か》らしたようには見えず、どちらも月代《さかやき》は常に剃っており、髷《まげ》に乱れはないらしい。伊三次は言う。

「ところがでさあ。湯でその二人と一緒になりやしてね。ありゃあ主従じゃありやせんぜ。どっちも侍でさあ」

顔も姿も見えない柘榴口の中では、つい地が出るのだろう。

「そのくせ洗い場に出りゃあ、また主従になるんでさあ」

確かにおかしい。

増上寺の本門前二丁目の三人も、町人の形《なり》をしているが、

「ありゃあ侍ですぜ。若い衆《の》に探らせると、やはり三人ともてめえらの寝床に刀を隠し持っていやした」

又左は語り、

「手を出すなってことでやしたから、そのまま住まわせているんでやすが。旦那、どういたしやす」

一ノ矢がつないだのへ、大松の弥五郎もうなずきを入れた。

龍之助は思案し、

「よし。手ではなく、ちょいと口を出してもらおう。これには左源太、おめえも一緒だ。伊三次、又左、頼むぞ。理由《わけ》は訊くな」

龍之助は毅然と差配した。

だが、迷った。奉行所で、話すかどうか……だ。

思案の結句、平野与力に報告というより、伺いを立てるように話した。

「もしもですが、定廻りの範囲内にみょうな浪人らしい者がいたなら、追い出しますか、それとも理由をつけて引きますか」

「ふふふ」

平野は含み笑いをし、

「動きをそれとなく見張れ。ただし、放っておけ。それが、お奉行のご意志でもあると思え」

龍之助が大松の弥五郎や一ノ矢たちに言ったのと、おなじことを言うではないか。

（なにかが動いている）

龍之助には思えてきた。

神明町と本門前二丁目の五人について、さらに詳しい動きを伊三次らがつかみ、左源太が加わっての仕事も進んだのは弥生に入ってからだった。

「よし」

龍之助は思わず腹から声を出した。

本門前二丁目の町人姿三人と、神明町の侍主従二人は、互いに行き来があり、さらに五人が順番を決めたように幸橋御門を入り、松平屋敷のまわりをうろついているというのだ。

間違いない。五人は元旗本で、

(松平定信の隙《すき》を窺《うかが》っている)

加勢充次郎の推測は的中したようだ。幸橋御門に近い、寺社の門前町である。

伊三次と左源太がさっそく口を動かした。

「——若い衆に侍主従を見張らせ、二人が湯屋に行ったなら、おめえらも行け」

龍之助は命じていたのだ。

その機会があった。左源太と伊三次は、手拭を肩に神明町の湯に行った。

暗い湯槽《ゆぶね》の中である。〝侍主従〟が入っている。左源太と伊三次は柘榴口をくぐった。

湯音とともに話しはじめた。

「——俺の職人仲間で、松平さまのお屋敷に出入りしている植木屋がいてよ。その野郎が言ってやがったぜ。お屋敷の御前が近いうちに、愛宕山にお参りするらしいぜ。あの出世の石段を登ってよ」

「——へーえ。あの急な石段、登るだけでも大変《てえへん》だぜ。駕籠から出なきゃなるめえ。

で、いつでえ。あそこの殿さん、どんな面《つら》か見に行きてえぜ」

「――それよ。庭で家中のお人らが話していて、近いうちにだってよ」

「――近いうちって、この弥生のうちかい」

このとき、

「やつら二人は湯音も立てず、聞き耳を立てているのを感じやしたぜ」

伊三次は言った。

さらに主従二人は脱衣場で、左源太と伊三次が柘榴口から出てくるのを待ち、左源太が間違いなく腰切半纏に三尺帯の職人姿になるのを確かめ、話しかけてはこなかったが、

「二人は互いにうなずいておりやした」

その主従が元旗本なら、柳営の正月の行事にも精通しており、老中首座の松平定信がひと息入れ、寺社へ参詣にでも行く気分になれるのが、弥生の時節というのも納得できるだろう。なおかつそれが、勅使下向と紅毛人参上謁見の終わった、弥生下旬となることも、柳営を知る者なら容易に推測できるはずだ。

お甲の部屋には、お甲と龍之助と伊三次の三人だけが残った。

「へへ、兄イ。いよいよでござんすね。どうするので？　まさか、ふん縛《じば》るんじゃね

えだろうなあ」

「兄《あに》さん。そんなこと、軽がるしく言うもんじゃありませんよ」

わくわくしたようすで言う左源太に、お甲はたしなめるように言ったが、期待する目を龍之助に向けていた。

「おめえらにも働いてもらうぜ。勅使下向は四日後、紅毛人の参上は十日後だ。そのとき毎年のことながら、俺たち町方は沿道の警備に駆り出される。ほれ、すぐそこの茶店の紅亭の前も通りなさる。左源太」

「へい」

「伊三次と又左に言って、この日程も湯屋で浪人さんたちの耳に入れてやれ」

「がってん」

「龍之助さまア」

左源太は返し、お甲は緊張の態で龍之助を見つめた。

六

松平屋敷では、定信の連日の出仕が一段落つき、あと大きな行事は長崎出島のオランダ・カピタンの参上のみとなった。

紅毛人は江戸庶民にも珍しく、行きも帰りも沿道にはかなりの見物人が出る。

目をつけている〝侍主従〟が、茶店・紅亭のすぐ近くの沿道に出ていた。お甲がその近くに立っているのを、警備の列から龍之助は確認した。左源太に言って、お甲にもその者の顔を覚えさせたのだ。龍之助も左源太が沿道から、

（この二人ですぜ）

合図を送り、その顔を確認していた。

帰りの警備も、江戸町奉行所の管掌が高輪までなのが龍之助にはさいわいだった。沿道に磯華の仲居たちが出ているかもしれない。顔は覚えていよう。同心姿を見せるわけにはいかない。

高輪からの帰り、

「私はちょいと定廻りの範囲に微行を」

と、奉行所の一行と別れた。増上寺のある芝の街道一帯が龍之助の定廻りの範囲であることを、奉行所の者は知っている。しかも、役務を終えた帰りである。仕事熱心なと思われても、みょうに思う同輩はいない。

その足で、割烹・紅亭に入った。お甲の部屋である。左源太も呼んだ。

「さあ、いよいよだ。あの急な石段の両脇は鬱蒼《うつそう》とした茂みだ。飛び出し、斬りつけなくても、混乱させ、足を踏み外させるだけでも、転がり落ちれば命は奪えよう」

「あい。あの坂なら、不意を突かれれば、軽業《かるわざ》のわたしでも足を踏み外します」

「へへ。おもしれえ」

左源太も言ったが、目は笑っていない。部屋には緊張の糸が張りつめた。


その翌日、朝早くだった。

出仕前の組屋敷の冠木門に、

「兄イ、消えやしたぜ!」

叫びながら左源太が飛び込んできた。

大松の若い衆が、昨夜のうちに〝侍主従〟が木賃宿を引き払ったらしいと左源太の長屋へ、朝まだ暗いうちに知らせに来たというのだ。

「なに!」

大小を手に飛び出した龍之助に、茂市とウメは驚いて冠木門まで出て見送った。

もともと、きょうから龍之助は神明町に出張《でば》り、茶店・割烹の紅亭の奥の部屋に陣取って元旗本と思われる五人の動向に目を光らせる算段だったのだ。

走るわけにはいかない。だが、急いだ。

新橋あたりで日の出を迎え、茶店・紅亭の奥の部屋に陣取ったのは、すでに街道も神明町の通りも、増上寺の大門前の広場のような大通りも、人が出て一日がすっかり始まっている時分だった。

すぐさま、増上寺門前の一ノ矢を呼んだ。又左が来た。果たして本門前二丁目の木賃宿にいた〝町人〟三人も、消えていた。

叱りつけたい気持ちを抑え、

「どこへ移ったか、芝一帯の旅籠を調べてくれ」

大松一家と一ノ矢一家へ、命じるように依頼した。

「どこにもおりやせん。面目ねえことでございます」

弥五郎と一ノ矢がそろって茶店・紅亭の奥の部屋へ顔を出したのは、その日の太陽が中天に差しかかろうかといった時分だった。

龍之助はこの二人に、こんどは依頼ではなく命じた。

「あの主従二人と町人風の三人が、この町に巣食っていた痕跡をすべて消せ」

「ほっ。……ではないかと、思ってやした」

「へいっ。さっそく」

〝痕跡を消せ〟に江戸市中でささやかれる噂を合わせ、弥五郎と一ノ矢はそれら五人がいかなる素性の者かをいまさらながらに知り、

（鬼頭の旦那、ここまでわしらと町のことを思うてくれていなさる）

思いを強め、ふた組の貸元一家はそれぞれに素早く動いた。木賃宿や町内の湯屋や飲食の店々への口止めである。

茶店・紅亭の奥の部屋に、左源太やお甲、それに大松や一ノ矢の若い衆が出入りする。縁台や入れ込みの板の間に座っている客からは、単に奥の部屋に上がっている客の出入りにしか見えない。老爺も気を利かせ、手前の部屋を空き部屋にし、一番奥の部屋の声が誰にも聞こえないように配慮している。

「幸橋御門にも愛宕山の石段にも、松平の侍が出ている気配はありやせん」

「御門内にぶらりと入りやしたが、松平の屋敷にこれといった動きはござんせん」

若い衆が龍之助に報告している。

太陽が西の空に大きくかたむいた時分となった。

「何事もなかったようだな。よし、きょうはここまで。あしたも朝からつづけるぞ」

龍之助は若い衆の労をねぎらい、腰を上げた。

松平屋敷の中奥で、ひと悶着起きていた。

登城の際も城外に出るときも、警備は馬廻役《うままわりやく》の役務だ。

「遊山《ゆさん》に人数はいらんぞ」

「なれど、用心に越したことはありませぬ」

言う定信に、次席家老の犬垣伝左衛門は喰い下がっていた。首席家老は政務が中心で、行列の配備や駕籠の警備は次席家老の役務だ。部屋には馬廻役差配の重役たちもそろっている。

ものものしく大層な行列を組んだのでは、

「かえって世間の悪《あ》しき噂を助長するだけじゃ。それに石階《せっかい》を上るのは徒歩《かち》ではないか。馬廻の者数名でよい」

定信は言う。だが警備の者としては、万が一の場合を考えなくてはならない。

（一度言い出したことは……）

誰がなんと言おうと撤回しないことを、家臣たちは知っている。それだから新たな衣装の浮華取締りや女髪結の停止をつぶされたときから、定信の怒りはことさらに大きく根深いものとなっているのだ。

「仕方ござらん」

犬垣は馬廻役の重役たちと額を寄せ合い、供の家臣は屈強な者二十人、陸尺《ろくしゃく》（駕籠舁《か》き）四名、挟箱持の中間は五人と決め、石段では十名が定信の前後左右を固め、五人が事前に登って境内で待ち、五人が駕籠と一緒に下で待機と決めた。

「ご家老。殿には内緒で事前に足軽十人ばかりを連れ、石階の両脇の茂みに潜む者はいないか調べておきまするか」

「ふむ。それがいい。ただし、くれぐれも殿の目には触れぬように」

加勢が言ったのへ、犬垣は応えていた。

この間、石段も境内も一般参詣人を遮断することは可能だが、

（まるで怯えていることを、世に知らせるようなもの）

と、それを提議する者はいなかった。

街道は夕刻を迎え、家路を急ぐ往来人やきょう中に仕事を終えようとする大八車や馬子らの足が速くなるなか、

「元旗本らしい五人、いってえどこへ消えやがった」

「少なくとも、神明町と増上寺門前にはもういやせんぜ」

「分かっておる。それに、あの急な石段をとことこ登るのはいっ」

「さっき兄イが、ここ二、三日のうちと言ってたじゃねえかい」

「おう、そうだったなあ」

職人姿の左源太と肩をならべ、龍之助は八丁堀への歩を取っている。これからしばらく、左源太はつなぎ役として龍之助と行動を共にすることになっている。

組屋敷に着くと、

「あれ、お甲さんは一緒じゃないのかね」

「てやんでえ。俺一人で悪かったなあ」

ウメが言ったのへ左源太が返していた。

翌日も、左源太が挟箱持で龍之助に随い、茶店・紅亭に陣取ってからもときおり幸橋御門のほうまで出向いたが、松平屋敷から権門駕籠が出てくる気配はなかった。

動きがあったのは、その翌日だった。

七

日の出から半刻（およそ一時間）は経ていた。時刻にすれば六ツ半（およそ午前七時）ごろか、街道の一日はとっくに始まっており、龍之助と左源太は茶店・紅亭に入ったばかりだった。伊三次と又左も来ている。二人とも、元旗本らしい男たちが木賃

宿から消えたのを見逃し、

「――穴埋めはさせてもらいやすぜ」

と、初日から茶店に詰め、若い衆を差配しているのだ。大松と一ノ矢の若い衆を使うのには、この二人がいたほうが便利だ。

仲居姿のお甲が、大松の若い衆と幸橋御門の近くまで出張《でば》った。

その若い衆が駈け戻ってきた。近くまで走って帰ったが、縁台に客が座っている。なにくわぬようすで縁台の脇を通って暖簾をくぐり、奥の部屋の板戸を開けるなりするりと入り、

「お甲姐さんの言付《ことづ》けでござんす。名は加勢充次郎というそうで」

「なに！」

部屋の中に緊張が走った。加勢が足軽十人ほどを引き連れ、大名小路を経て愛宕山の石段のほうへ向かったというのだ。

「お甲姐さんはあとを尾《つ》け、女坂に入ったところで待つ、と」

急でまっすぐ上に向かう六十八段の石階を男坂ともいい、右手に湾曲して登る比較的ゆるやかな石段があり、これが女坂と呼ばれている。

「よし。左源太、女坂に入ってお甲からようすを聞いてこい」

左源太は街道に出た。左源太もお甲も、得物をふところにしている。騒ぎになれば、役に立つ場合があるかもしれない。

「伊三次、おめえは気の利いた若い衆を四、五人引き連れ、幸橋の近くに出て松平屋敷の動きを見張れ。町から消えた五人も来ていないか、ようすを逐一知らせよ」

「へいっ」

街道へは、さきほど戻ってきた若い衆のようになにくわぬ風に出て、茶店が見えなくなると左源太も伊三次らの一行も走った。伊三次は五人の若い衆を引き連れたが、そのなかの一人は一ノ矢の者だった。いずれも本門前二丁目の木賃宿に入っていた、武士らしい町人風三人の顔を知っている。

部屋が静かになり、

「あの得体の知れねえ連中が松平さまを狙う。鬼頭の旦那はそれを？」

「ふふふ、訊くな。おめえたちなあ、端《はな》から知って動いたんじゃ、俺と同罪になるぞ。もうしばらく待て」

又左が問いを入れたのへ、龍之助は応えていた。

左源太が戻ってきた。

加勢に差配された足軽たちは、なにやら探し物でもするように石段の両脇の茂みに入り、境内のほうへ登っているらしい。間違いない。定信の愛宕神社参詣はきょうだ。

「よし。左源太、おめえは愛宕山に戻ってお甲を助《す》けるのだ。又左」

「へいっ」

同時に威勢よく返事をした二人に、龍之助は声を落とした。

「おめえはこれから若い衆を引き連れ、愛宕詣《もう》でだ。騒ぎが起これば野次馬になって混乱をつくり、狼藉《ろうぜき》の者どもを一人でも多く逃がしてやれ。おめえの見知った顔もいるはずだ。ただし、神明町や増上寺門前には入れるな。現場で伊三次に会えばそう言って役割分担をしておけ。おめえらの身が危うくなりゃあ、俺が助けてやる。俺はこれから甲州屋に入るから、つなぎはそちらにしろ」

「旦那！　やはり……だったのでやすね」

又左は緊張のなかにも満足そうな表情になった。神明町の街道沿いの茶店より、宇田川町の甲州屋のほうが断然愛宕山に近い。

二人はなにくわぬ顔で外に出ると、左源太は茶店を離れてから走り、又左は大松の若い衆も含め、さらに人数を集めた。

松平屋敷では、ふたたび悶着が起きていた。

行列の供揃《ともぞろ》えを見た定信が、

「多すぎるぞ。わしがちょっとそこまで出るのに、これだけもの人数はなんだ！」

怒鳴りはじめたのだ。

『急な石段の両脇は鬱蒼とした樹林群にて』

言っても無駄で、逆効果になることを松平家の家臣たちは知っている。

「はっ。ならば半分に」

犬垣は応え、他の重役とも相談のうえ、馬廻役十人を先行させ石段の上と下に目立たぬように待機させることにした。陸尺と挟箱持を減らすことはできない。

「ご出立《しゅったつ》うーっ」

見送る犬垣の号令で、四枚肩《しまいかた》の駕籠尻が地から浮いた。

「右左次郎どの、すまないがいつもの部屋を」

「おや。きょうは前触れもなく、加勢さまもお見えになりましょうか」

「訊かないでくれ。ただ、御用の筋だと思うてくだされ。それも極秘の」

いつもと異なる龍之助のようすに、右左次郎は怪訝《けげん》な表情になりながらも裏庭に面したいつもの部屋を空けた。

詰所が甲州屋に移動したことを若い衆から知らされ、伊三次がすぐに来た。

「駕籠がいま幸橋御門を出て、愛宕山に向かっておりやす」

供揃いがわずか十名なのに龍之助は驚いた。

左源太が戻って来た。

「石段下に駕籠を待たせ、六十八段、登りやしたぜ。あっしは下から見ておりやしたが、挟箱の中間を随えた侍が十人もぞろぞろと、急な石段ですれ違う人らは迷惑そうに脇へ避けて」

拍子抜けしたように言う。

「そうか。ならば騒ぎは帰りかもしれねえ。そのほうが、気もゆるんでいようからなあ。おめえは石段に入るな。お甲にもそう言っておけ。加勢どのが、茂みに潜んでいるかもしれねえからな。騒ぎになれば無礼講だ。思い切り混乱をつくってやれ」

「へいっ」

左源太は気を取りなおし、また出て行った。

しばらくつなぎはなかった。

不安になった。騒ぎのあったようすはないから、足軽の一群に見つけられてはいないはずだ。それとも近くで足軽たちに張られ、身動きが取れなくなっているのか。しかし、足軽が近くにいても飛び出しざまに一撃を加えることはできる。

待った。

すでに午《ひる》に近い時分になった。社務所で接待を受けたとしても、もう帰途についてもいいころだ。

甲州屋から誰か物見《ものみ》を出してもらおうかと思い、手を打って人を呼ぼうとしたところへ、お甲と左源太がそろって帰って来た。

「どうした?」

「どうもこうもありやせんぜ。ご一行さんが石段を降りはじめ、半分以上も降りたところで、下で待っていた侍衆が茂みの中へ入り、不審な者の探索でさあ。あれじゃもう襲えませんや」

「加勢さまとばったりなどとなってはまずいと思い、わたしたちだけさきに現場を離れましたのさ」

言いながら二人は、龍之助の前に腰を据えた。

「伊三次らはどうしている」

「大松のお人らは五、六人で境内からお侍衆のあとにつづき、一ノ矢さんのお人らはいまから参詣に行くふりをして、石段を登りはじめましたさ。これで何事もなければ、もう引き揚げてもいいかと、一ノ矢さんの若い衆が外で待っています」

伊三次も又左たちも、

（きょうも襲撃はないようだ）

と、拍子抜けしているらしい。

定信も警護の馬廻役たちも、それに茂みに潜んでいる加勢配下の足軽たちも、おそらくおなじ思いだろう。

「………」

龍之助はほんの一呼吸か二呼吸、沈思《ちんし》した。

（帰りのほうが気もゆるむ）

さっき左源太に言った、自分の言葉が脳裡によみがえってきた。

（ならば、最も気がゆるむのは、幸橋御門！）

脳裡を走った。襲うなら石段……誰もが思うことではないか。

「おいっ、裏をかかれたぞっ」

龍之助は跳ねるように立ち上がり、

「おもての若い衆には、大松も一ノ矢もそのまま行列にさりげなくつづけ、と言っておけ。左源太、お甲、ついて来い」

「えっ」

「は、はい」

左源太とお甲は驚いたようにつづき、

「え、もうお帰りで？」

外まで出て見送った右左次郎は首をかしげた。

龍之助は急ぎ足で、町場と武家地の境の往還を外濠の方向へ急いだ。職人姿の左源太と仲居姿のお甲が、

「兄イ、いってえどこへ」

「えっ。この方向、幸橋？」

追うようにつづいた。

定信の駕籠は左源太とお甲の話から、すでに大名小路の広い往還に入っているはずだ。武家地で、しかもお城の御門近くで襲えば、たとえ仕留められなくとも定信の威信は地に墜《お》ちる。

駕籠は予測どおり、大名小路を幸橋御門に向かっていた。供揃えは来たときとおなじで十名だった。駕籠の前後に四人ずつ、左右に一人ずつ……。他の十名はもう安心

とばかりに、はるかうしろについている。伊三次と又左たちは、つなぎの者が言ったとおり駕籠のうしろについたが、大名小路は人通りがほとんどない。遊び人風が十人前後もぞろぞろ歩いていたのでは目立つ、伊三次らは街道寄りの脇道を、又左らは愛宕山寄りの脇道に入り、それぞれ駕籠に歩を合わせて外濠方向に向かった。武家地は静かで、直接一行を追っていなくても、騒ぎが起こればすぐに分かる。

加勢の差配する足軽十人ばかりは、やはり気抜けしたように茂みから出て、目立たないように隠れ警備の十名のさらにうしろから三々五々、幸橋御門のほうへ向かっていた。

龍之助たちは外濠に沿った往還に出た。東手の町場に東海道の新橋、西手の武家地に幸橋が見える。そのときだ。町駕籠が一挺、人足のかけ声とともに大名小路の一本手前の脇道から出て来て幸橋のほうへ曲がった。龍之助たちに背を向けるかたちだ。商家の番頭風の者が一人、町駕籠を先導するように走っている。

「おっ」

左源太が足をとめた。

「兄イ。あいつ、神明町から消えた主従の」

「俺もそう見た。行くぞ」

町駕籠につづいた。といっても駕籠は十数歩さきで、その数歩さきが大名小路の終わりとなる幸橋御門前の広場だ。この場に又左がいたなら、駕籠舁き二人が本門前二丁目の木賃宿から消えた男たちであることに気づいただろう。

「おっと」

先導する番頭風が不意にとまった。大名小路から出て来た権門駕籠の一行と鉢合わせになったのだ。町駕籠は勢いあまったようすで権門駕籠の横に、

「おっとっとっと」

駕籠尻を地につけ、乗っていた男が転がり出た。商家のあるじ風だった。

「無礼者！　気をつけろっ」

権門駕籠の横についていた馬廻役が一喝した。

が、瞬時だった。その声の終わらぬうちに、

「遺恨《いこん》ありーっ」

あるじ風は地に一回転し胸に抱えていた刀の鞘を払ったのと、立ちどまった番頭風が町駕籠の中に刀を隠していたか、つかみ取るなり一喝した馬廻役に抜き打ちをかけ、

「うわっ」

馬廻役は血を噴き、のけぞるように仰向けに倒れた。

さらに同時だった。駕籠昇き二人が町駕籠を持ち上げるなり権門駕籠前面の馬廻役たちに投げつけ、機先を制した。

「な、何なんだ」

狼狽する馬廻役たちに駕籠昇き二人は棒の先の鞘《さや》を払い、

「えいっ」

棒術の心得があるのか仕込みになっていた切っ先を送り込んだ。

すべてが一瞬の、かつ同時の出来事だった。

あるじ風の男がすでに乱戦となったなか、権門駕籠に突きを入れた刹那《せつな》だった。

「あわわわ」

陸尺たちの気がそろったか恐怖からか、四枚肩の四人が担ぎ棒を担いだまま一歩、あとずさりした。意図せずともそれは大手柄だった。権門駕籠に刺し込まれた刀は的をはずした。この時点で定信のお命頂戴は失敗、とすぐ近くまで走り込んだ龍之助は看《み》て取った。

が、あるじ風はまだあきらめず権門駕籠に体当たりし、駕籠は横転し定信が転がり出た。

「左源太！」

「へいっ」

龍之助は走り込み、左源太はその場で身構えた。

「わーっ」

陸尺たちが我に返ったか声を上げて四散するのと、権門駕籠の後部の馬廻役たちの駈け寄るのが入り乱れた。

地に四《よ》つん這《ば》いになった定信に、あるじ風は抜刀のまま組みついた。あまりにもの至近距離でかえって刀が使えなかったのだ。

そこへ陸尺たちと入り乱れた馬廻役が一人抜け出て、

「狼藉者！」

あるじ風の背に斬りかかろうとし、

「あわっ」

転瞬前のめりになり、抜身の刀を手にしたまま定信とあるじ風の上に崩れ込んだ。ほんの十歩ほどの距離だった。左源太が得物の分銅縄《ふんどうなわ》を打ち込んだのだ。二尺（およそ六十糎《センチ》）ばかりの縄の両端に握りこぶしほどの石を結びつけ、甲州の山地にいたころ、これでよく鹿や猪を転倒させ仕留めたものだった。

あるじ風は定信よりも、倒れ込んできた馬廻役に切っ先を向けねばならなかった。

そこへ、

「引かれよーっ」

龍之助が飛び込み、故意であった。なにかにつまずいたように定信とあるじ風、さらに馬廻役の入り乱れる上に、

「うわっ」

倒れ込んだ。

「ううっ」

そのとき、定信のうめき声が聞こえた。

重なるなかから抜け出たあるじ風が、なおも刀を持ったまま、

「引けーっ」

号令するなり、権門駕籠前部の馬廻役たちを防いでいた番頭風と駕籠昇き人足たちは身をひるがえし、町駕籠をそのままに左源太とお甲のほうへ一斉に走りだした。来た道を返したのだ。

「斬り合いだ、斬り合いだぞーっ」

「きゃーっ。誰か来てーっ」

左源太とお甲が大声で叫んだ。町駕籠からあるじ風が転げ出てからこの間、わずか

四、五回呼吸をするあいだの出来事だった。
逃走する四人は左源太とお甲の横を走り抜けたところへ、武家地の枝道から、

「どうした、どうした！」

伊三次らが駈け出てきた。

その枝道にあるじ風、番頭風、二人の人足風らは、一人も欠けることなく駈け込んだ。さきほど自分たちが町駕籠で出て来た脇道だ。

馬廻役二名が、

「待てーっ」

追って来た。

さらに三名。

お甲はふところに手を入れ手裏剣を握ったが、打つ機会はなかった。

伊三次らが目の前で馬廻役たちとぶつかりそうになり、相手の動きに合わせ、

「おっとっとい」

「おっと危ねえ」

と、右に左に身をかわし、行く手を阻んだのだ。並みの町人なら抜刀している武士たちを相手に、この目的を持った慌てぶりは演じられないだろう。

「えぇい、じゃまだっ」

馬廻役たちがようやく伊三次らのあいだをすり抜け、〝狼藉者〟たちの走り込んだ枝道に入ったとき、その姿はすでになかった。

大名小路のほうでは、後続の馬廻役たちが駈けつけ、又左たちも、

「どうした、どうした!」

近くまで走って来て野次馬となった。

そこへさらに、

「なんと! ここで襲われたか」

と、加勢の差配する足軽の一群が駈けつけ、すでに騒ぎの治まったなかに龍之助がいるのへ驚き、

「いやあ、危のうござった。ほれ、この裏手の町場と武家地のあいだを微行しておりましたらこの騒ぎにて」

すかさず龍之助の言うのへうなずいていた。

馬廻役で死者は最初に番頭風に斬られた一人のみで、左源太の分銅縄を受け定信の上に倒れ込んだ馬廻役は、もつれ合うなかであるじ風に肩を斬られ、他に仕込み棒の切っ先を脇腹に受けた者もいたが、命に別状はなかった。

負傷者がもう一人いた。

定信だ。

地に折り重なったとき、

「あの狼藉者に突きたてられた」

定信自身が言った。左足の腿《もも》のあたりに刀の切っ先を刺し込まれたのだ。刺した者は心ノ臓を狙ったのだろうが、折り重なったなかでは刺すのさえ精一杯だったろう。

八

その日、太陽がまだ西の空に高い時分だった。

龍之助は北町奉行所に戻り、奉行の部屋に呼ばれていた。

平野与力も一緒だった。

「つまりだ、鬼頭。きょうのことは御留書に記《しる》さずともよいというより、記すなということだ」

「ははっ」

平野与力が言ったのへ、龍之助は両手のこぶしを畳についた。

その後の松平屋敷の処理は迅速だった。後続の馬廻役が定信ら負傷者の応急措置をし幸橋御門へと急ぎ、近くの屋敷から飛び出て来た者や町場から駈けつけた野次馬たちは、加勢の差配で足軽たちが追い散らした。御門では町人が城内に入るのをすべて追い返した。だが、権門駕籠や挟箱に打たれている星梅鉢《ほしうめばち》の家紋から、襲われたのが松平定信であることはすでに知れ渡っていた。

龍之助は屋敷までついて行き、加勢から次席家老の犬垣伝左衛門に引き合わされ、

「――そなたが北町の鬼頭どのであったか。奉行の甲斐守どのによろしゅう伝えておいてくだされ」

と、なにやら意味ありげに言われ、北町奉行所に戻ったのだ。

その曲淵甲斐守が、

「のう、鬼頭よ。さきほど奉行所に来た松平屋敷の使者が言うておったぞ。おまえはあわやという修羅場に飛び込み、身を挺して狼藉者から定信公を護ったというではないか。おかげで定信公はすんでのところで刃をかわし、ご無事であったとか」

「お奉行、ですからさきほど申し上げましたように、定信公は左の腿《もも》に」

「鬼頭！　松平屋敷のお人が、定信公はご無事で、藩士にも死者や負傷者はいなかったと言っておいでなのだから、そういうことにするのだ」

「はっ」

龍之助はまた畳に手をつき、

「それにしても、あの武家地に〝狼藉者〟の町駕籠の一群が降って湧いたように現われ、それが角でうまく松平さまの権門駕籠と鉢合わせになり、さらに逃走するときも一糸乱れず、武家地の角を曲がるなりまた地にもぐったか天に昇ったか、消えてしまいました。あれはきっと、お近くの大名屋敷が……」

「鬼頭！」

こんどの叱声《しっせい》は、奉行の曲淵甲斐守直々《じきじき》だった。

「あの一帯は武家地により、われら町奉行所の関与するところに非《あら》ず。詮索も無用と心得よ」

「はーっ」

また龍之助は畳に手をついた。さっきからつきっぱなしである。龍之助は元旗本たちが石段で襲わず、大名小路で襲った理由を解していた。それに元旗本は五人いたはずなのだが、

（一人はおそらく物見《ものみ》で、町駕籠の角を曲がる間合いを計っていたのだろう）

推測した。

奉行は悔しそうにではなく、逆に満足そうに言葉をつづけた。

「ともかく御門前の武家地で老中が襲われたのは武家の大失態。これが世の変わるきっかけとなるは必定《ひつじょう》じゃ」

「はーっ」

返事はおなじだが、こんどは畳に手をつく必要はなかった。

奉行の部屋を辞し、

（お奉行も平野さまも、その大名家をご存じ……。それに、こうなることも……）

思えてきた。

夕刻が近づき、茂市が迎えに来て組屋敷に戻ると、左源太とお甲が来ていた。この時刻なら、今宵も二人は八丁堀泊まりになるだろう。

「ほれ、返すぞ。見事だった」

「へへへ」

と、居間に入るなり龍之助がふところから出した分銅縄を返すと、左源太は照れるように受け取った。石はすでに捨てられ、縄だけになっている。

故意に定信たちの上に倒れ込み折り重なったあと、目の前に落ちていた分銅縄を素早く回収したのだ。縄を足にからませた馬廻役は、それがなんだったのかいまだに分からず、首をかしげていることだろう。

お甲が用意した夕餉の膳を囲んだとき、左源太は待ちかねたように問いを入れた。

「兄イ、俺は見たぜ。折り重なったまま、兄イがもがきながら脇差を隠すように鞘へ収めたのをよ」

「そう、わたしも見た。龍之助さまが身を起こしたとき、定信公の左の腿に血が。お馬廻も元旗本さんも大刀で、あの混戦じゃ小回りは利かなかったはず」

現場で終始、龍之助のみを見守っていたのは、左源太とお甲だけである。

「あはは。あの元旗本も、定信を刺した者のいることに気づいたろうよ。いまごろどこか安全な場で、自分ではないのにいったい誰がなにゆえにって、首をかしげているだろうよ」

龍之助の言葉に左源太とお甲はうなずき、

「安全な場って？」

「それよ。きょう、奉行所でなあ……」

お甲が訊いたのへ、龍之助は奉行や与力とのやりとりを話し、〝これが世の変わるきっかけ〟と、なりそうなところでは語気を強めた。

翌日、その話を龍之助は、大松の弥五郎に伊三次、一ノ矢に又左にも、話した。

「おめえらの合力のおかげでよ……」

外れてはいなかった。

松平屋敷は〝殿は無事〟と言っているが、巷間《こうかん》では、

「ご老中の松平さまが〝遺恨あり〟と、何者かに襲われなすったそうな」

「お屋敷は、それを隠してござる」

噂がながれ、遠くからも現場を見ようと愛宕下大名小路に足を運ぶ者が引きも切らなかった。なかには挟箱持の中間を随えた、歴とした武士もいた。

「定信公が死去された」

あるいは、

「瀕死の重傷らしい」

との噂にも信憑性はあった。

あの日以来、一月《ひとつき》以上も定信は屋敷を出ていないのだ。

「無事と言った手前、歩くのに足を引いていたのでは辻褄《つじつま》が合うまいよ。かなり深く入ったから、しばらくは端座もできまい」

龍之助は、左源太とお甲に言っていた。

あくまで予測として、奉行にも話した。それは柳営にも伝わった。

――世の中が変わる
武家地にも町場にも噂はながれた。単なる噂ではなかった。

刺し傷の癒《い》えた定信が柳営に出仕したのは、夏も盛りとなった皐月《さつき》(五月)だった。

だが、龍之助の刀によって生じたこの空白は大きかった。定信にとって柳営はすでに、居心地のいい場ではなくなっていたのだ。

龍之助が甲州屋にぶらりと立ち寄ったとき、あるじの右左次郎は言った。

「松平屋敷とのお取引が激減しました。もうだめなのでしょうかねえ。せっかく鬼頭さまが現場に駈けつけ、お救いしたのに」

残念そうな口調だった。

「つぎのご老中首座に就かれるお方、どなたか分かりませぬか」

と、すでに世は〝次の時代〟に向かって動いていた。

田沼時代のようにとまでは行かないが、世間は徐々に活気を取戻しはじめた。

加勢充次郎が龍之助に会いたいと申し入れてきたのは、寛政五年が半《なか》ばを過ぎ、文《ふ》月《づき》(七月)に入ってすぐだった。

甲州屋のいつもの部屋である。開口一番、加勢は言った。

「お別れでござる」

定信が領地の奥州白河に戻り、藩政に専念するというのだ。

「それがしも、殿について……」

江戸を離れるのが、いかにも残念といった口調だった。次席家老だった犬垣伝左衛門は江戸に残り、すでに首席家老になったという。

龍之助は、加勢が江戸を離れるのを惜しむとともに、訊いた。

「例の件、意次公の隠し子です。どうなりますかな」

「そうそう、そのことさ」

加勢は忘れていたものを思い出したように、

「殿は狼藉者に腿を深く刺されなさって以来、そのことは一言も催促なされておらぬわい。実際、そのような隠し子など、おらなんだのかもしれませんなあ」

「うーむ」

龍之助は思案の風情をつくり、

「私も、そう感じますよ」

ゆっくりとした口調で返した。

帰り、

「ケッ。岩太も加勢さんについて白河へ行くってよ。寂しくならあ。だがよ、白河で加勢さんが岩太を足軽に取り立ててくれるってよ」

「ほう」

龍之助はうなずいた。江戸屋敷では困難でも、国おもてならできるだろう。

信を失った松平定信が、家斉将軍にお暇《いとま》を申し出たのは、加勢充次郎が龍之助と会った翌日だった。

その日のうちに、家斉《いえなり》将軍は新たな老中首座を指名した。

――三河吉田《みかわよしだ》藩主、松平信明《のぶあき》
三万石の譜代大名だ。

「えっ」

諸人は首をひねった。

おなじ〝松平〟で、定信の一族かと思ったからではない。

奥州白河藩の松平家と、三河吉田藩の松平家に血縁はない。ただ松平信明は老中首座の松平定信のご政道のなかで老中職にあり、定信の右腕となって〝寛政の改革〟を推進した一人だったのだ。

定信の権威が失墜したとき、信明がどのように立ち振る舞って老中首座の地位を射止めたか、龍之助の知るところではない。

ただ、信明が老中首座に就いてからすぐ、北町奉行であった曲淵甲斐守影漸《かげゆき》は、西丸留守居《にしのまるるすい》に転出した。西丸留守居といえば、役高二千石で柳営では一万石の大名格の待遇を受け、旗本では最高位の格式である。

新たな北町奉行は石河土佐守政武《いしかわときのかみまさたけ》といって、老齢でさして特徴のある人物ではなかった。だが、奉行が変われば同心たちの役務もかなり異動がある。

諸人の不安は的中した。

新老中首座の松平信明が最初に出した布令は、

——武家の妻女、町人の男女ともに衣裳、髪飾り等に驕奢《きょうしゃ》いたせしは、はなはだ然《しか》るべからず。以後、これを見かけ候者《そうろうもの》は、ただちにその筋へ申し出《い》づるべし

さらに、

——女髪結なる者、遊女あるいは歌舞伎役者や女形風《おやまふう》に結い立て、風俗を猥《みだ》しておるは如何《いかが》に候《そうろう》。爾今《じこん》、これを停止《ちょうじ》すべし

なんのことはない。松平定信の政道の踏襲ではないか。ひょっとすると、あのときの書付は、定信ではなく信明の手によるものだったのかもしれない。

町触《まちぶれ》も出された。

割烹・紅亭のお甲の部屋に、左源太に大松の弥五郎と伊三次、一ノ矢と又左の面々が集まり、鬼頭龍之助を迎えた。

左源太とお甲も含め、かれらの表情は暗かった。龍之助の定廻りの拝命地が、

「もしや変更されるのでは」

そこを心配しているのだ。

奉行が代わったとき、龍之助もそれを心配した。

「おめえらの合力で、世の中が変わるかと思ったがよう」

龍之助は伝法な口調で言った。

「ご政道の頭は代わったが中身は変わらねえじゃ、俺もこの町から離れることはできねえぜ」

「えっ、ならばこれまでどおり！」

「そういうことだ。きょう沙汰があった」

部屋には安堵の空気がながれた。これには平野与力の尽力があった。さっき言った龍之助の言葉は、平野の言葉でもあったのだ。

お甲が女将に祝い酒の用意を頼み、みずから運んできた。その表情は安堵と喜びを

越えていた。

「あはは、俺は生きるぜ。おめえらもよう」

「むろんでさあ」

「法度がまた一つや二つ増えても、わしら死に絶えたりはしやせんぜ」

龍之助が杯を手に言ったのへ、大松の弥五郎や一ノ矢も祝杯を上げて応えた。

「わたしも」

お甲も盃を上げた。

「おめえ、みょうな気を持つんじゃねえぞ。龍兄イに垣根はねえが、血はお侍なんだぜ。それも、世が世ならばのよう」

左源太がそっと言ったのへ、

「分かっていますよう、そんなこと」

このとき、お甲の表情にふと寂しさが走った。だが、龍之助に酌をするときはうっとりとしていた。

時代小説
二見時代小説文庫

最後《さいご》の戦《たたか》い　はぐれ同心《どうしん》 闇裁《やみさば》き12

著者　喜安幸夫《きやすゆきお》

発行所　株式会社 二見書房
東京都千代田区三崎町二-一八-一一
電話　〇三-三五一五-二三一一［営業］
　　　〇三-三五一五-二三一三［編集］
振替　〇〇一七〇-四-二六三九

印刷　株式会社 堀内印刷所
製本　ナショナル製本協同組合

落丁・乱丁本はお取り替えいたします。
定価は、カバーに表示してあります。

ISBN978-4-576-14052-0
http://www.futami.co.jp/

口封じ　はぐれ同心 闇裁き7
喜安幸夫［著］

大名や旗本までを巻き込む巨大な抜荷事件の探索を続ける同心・鬼頭龍之助は、自らの〝正体〟に迫り来たる影の存在に気づくが……東海道に血の雨が降る！　第7弾

強請《ゆすり》の代償　はぐれ同心 闇裁き8
喜安幸夫［著］

悪徳牢屋同心による卑劣きわまる強請事件。被害者かと思われた商家の妾には哀しくもしたたかな女の計算が。悪いのは女、それとも男？　同心鬼頭龍之助の裁きは⁉

追われ者　はぐれ同心 闇裁き9
喜安幸夫［著］

夜鷹が一刀で斬殺され、次は若い酌婦が犠牲に。犯人の真の標的とは？　龍之助はその手口から、七年前に起きたある事件に解決の糸口を見出すが……第9弾

さむらい博徒　はぐれ同心 闇裁き10
喜安幸夫［著］

老中・松平定信の下知で奉行所が禁制の賭博取締りをかけるが、逃げられてばかり。松平家に内通者が？　おりしも上がった土左衛門は、松平家の横目付だった！

許せぬ所業　はぐれ同心 闇裁き11
喜安幸夫［著］

松平定信の改革で枕絵や好色本禁止のお触れが出た。お触れの出る時期を前もって誰かに洩らしたやつがいる！龍之助は張本人を探るうちに迫りくる宿敵の影を知る！

与力・仏《ほとけ》の重蔵　情けの剣
藤水名子［著］

続いて見つかった惨殺死体の身元はかつての盗賊一味だった…。鬼より怖い凄腕与力がなぜ〝仏〟と呼ばれる？　男の生き様の極北、時代小説に新たなヒーロー！　新シリーズ！

陰《かげ》聞《き》き屋 十兵衛
沖田正午［著］

江戸に出た忍《しのび》四人衆、人の悩みや苦しみを陰で聞いて助けます。亡き藩主の無念を晴らすため萬ず揉め事相談を始めた十兵衛たちの初仕事の首尾やいかに!? 新シリーズ

刺客 請け負います 陰聞き屋 十兵衛2
沖田正午［著］

藩主の仇の動きを探るうち、敵の懐に入ることになった陰聞き屋の仲間たち。今度は仇のための刺客や用心棒まで頼まれることに。十兵衛がとった奇策とは!?

往生しなはれ 陰聞き屋 十兵衛3
沖田正午［著］

悩み相談を請け負う「陰聞き屋」なる隠れ蓑のもと仇討ちの機会を狙う十兵衛と三人の仲間たちが、絶好の機会に今度こそはと仕掛ける奇想天外な作戦とは!?

秘密にしてたもれ 陰聞き屋 十兵衛4
沖田正午［著］

仇の大名の奥方様からの陰依頼。飛んで火に入るなんとやらで、絶好の仇討ちの機会に気持ちも新たに悲願達成を目論むが。十兵衛たちのユーモアシリーズ第4弾!

そいつは困った 陰聞き屋 十兵衛5
沖田正午［著］

押田藩へ小さな葛籠を運ぶ仕事を頼まれた十兵衛。簡単な仕事と高をくくる十兵衛だったが、葛籠を盗まれてしまう。幕府隠密を巻き込んでの大騒動を解決できるか!?

公家武者 松平信平《のぶひら》 狐のちょうちん
佐々木裕一［著］

後に一万石の大名になった実在の人物・鷹司松平信平。紀州藩主の姫と婚礼したが貧乏旗本ゆえ共に暮せない。町に出ては秘剣で悪党退治。異色旗本の痛快な青春

二見時代小説文庫

姫のため息　公家武者 松平信平2

佐々木裕一［著］

江戸は今、二年前の由比正雪の乱の残党狩りで騒然。背後に紀州藩主頼宣追い落としの策謀が……。まだ見ぬ妻と、舅を護るべく公家武者の秘剣が唸る。

四谷の弁慶　公家武者 松平信平3

佐々木裕一［著］

千石取りになるまでは信平は妻の松姫とは共に暮せない。今はまだ百石取り。そんな折、四谷で旗本ばかりを狙い刀狩をする大男の噂が舞い込んできて……。

暴れ公卿　公家武者 松平信平4

佐々木裕一［著］

前の京都所司代・板倉周防守が黒い狩衣姿の刺客に斬られた。狩衣を着た凄腕の剣客ということで、疑惑の目が向けられた信平に、老中から密命が下った！

千石の夢　公家武者 松平信平5

佐々木裕一［著］

あと三百石で千石旗本。信平は将軍家光の正室である姉の頼みで、父鷹司信房の見舞いに京の都へ……。松姫への想いを胸に上洛する信平を待ち受ける危機とは？

妖《あや》し火　公家武者 松平信平6

佐々木裕一［著］

江戸を焼き尽くした明暦の大火。千四百石となっていた信平も屋敷を消失。松姫の安否を憂いつつも、焼跡に蠢く悪党らの企みに、公家武者の魂と剣が舞う！

十万石の誘い　公家武者 松平信平7

佐々木裕一［著］

明暦の大火で屋敷を焼失した信平。松姫も紀州で火傷の治療中。そんな折、大火で跡継ぎを喪った徳川親藩十万石の藩主が信平を娘婿にと将軍に強引に直訴してきて…

黄泉《よみ》の女　公家武者 松平信平8

佐々木裕一［著］

女盗賊一味が信平の協力で捕まり処刑されたが、頭《かしら》の獄門首が消えたうえ、捕縛した役人らが次々と殺された。信平は盗賊を操る黒幕らとの闘いに踏み出した！

将軍の宴　公家武者 松平信平9

佐々木裕一［著］

四代将軍家綱の正室顕子女王に、京から刺客が放たれたとの剣呑な噂…。信平は老中らから依頼され、宴で正室を狙う謎の武舞に、秘剣鳳凰の舞で対峙する！

北暝の大地　八丁堀・地蔵橋留書1

浅黄 斑［著］

蔵に閉じ込めた犯人はいかにして姿を消したのか？ 岡っ引き喜平と同心鈴鹿、その子蘭三郎が密室の謎に迫る！ 捕物帳と本格推理の結合を目ざす記念碑的新シリーズ！

天満月夜《あまみつきよ》の怪事《ケチ》　八丁堀・地蔵橋留書2

浅黄 斑［著］

江戸中の武士、町人が待ち望む仲秋の名月。その夜、惨劇は起こった……！ 時代小説に本格推理の新風を吹き込んだ！ 鈴鹿蘭三郎が謎に挑む。シリーズ第2弾！

箱館奉行所始末　異人館の犯罪

森 真沙子［著］

元治元年（1864年）支倉幸四郎は箱館奉行所調役として五稜郭へ赴任した。異国情緒あふれる街は犯罪の巣でもあった！ 幕末秘史を駆使して描く新シリーズ第1弾！

小出大和守《こいでやまとのかみ》の秘命　箱館奉行所始末2

森 真沙子［著］

慶応三年一月八日未明。七年の歳月をかけた日本初の洋式城塞五稜郭。その庫が炎上した。一体、誰が？何の目的で？ 調役、支倉幸四郎の密かな探索が始まった！